黃信樵／著

青青河畔草

任序

春秋戰國之世，蘇、浙兩省分屬吳、越疆域，文化發達，人物鼎盛，物產富饒，人民安居樂業，其繁華人文之興盛，幾與中原周禮雄強之國相埒。

東漢末年，官宦亂政，州牧割據，董卓、曹操、袁紹、袁術之輩，表面支持江山統一，實則擅勢攬權，挾天子以令諸侯，以遂其掌重權操大局之私心，竊窺金鑾殿寶座。孫堅、孫策父子，乘勢佔有江東，號曰東吳，建國都於建康（今之南京）。劉備繼之據四川，稱為蜀漢。三國分裂之局不及七十年，司馬氏父子篡魏為晉；這叫做曹操父子捕蟬於前，司馬父子黃雀在後。可惜晉武帝無雄圖遠略，更耽於女樂酒色。繼之晉惠帝嗣位，賈后專政，釀成八王之亂，傳至懷、愍二帝，為匈奴殘孽劉曜叔侄所乘而失去江北天下。晉元帝誓師江表，匆促登極，才收拾國亡家破人心，整軍經武，奮發圖強，是為東晉，建都於建業（南京）。一百零四年後，劉裕弒晉恭帝，篡立為宋，嗣後齊、梁、陳共四朝，皆以建業為帝都。

隋唐一統，江南富蔗之鄉全奉正朔，至唐末，藩鎮割擄，賦稅自恣，陽奉唐室為盟主，實則擴張權力，強侵領土，橫徵暴斂，生靈荼炭，民不堪命。北方乃有梁、唐、晉、漢、周五代遞嬗之局；南方的楊行密起兵於江表，先為廬洲刺史，後封吳王，三傳為徐知誥所篡，知誥復姓李，是為南唐，仍定都金陵（南京）。

錢繆初為無賴之徒，後因功授杭州刺使，討平越州董昌，併其地，居杭州，梁拜為吳越武肅王，建都杭州。

宋一統天下之後，分裂之局告終。自宋太祖七傳至徽宗，金人侵入帝都汴梁（今之開封），虜徽、欽二帝北去，北宋亦因此瓦解。宋高宗趙構泥馬渡江，兵荒馬亂之餘，逃死求生之不遑，輾轉至杭州，重振聲威，號召軍民抗金，踐祚為高宗，以杭州為國都，歷七主，得一四九年國祚，後此「南宋」亡於元。

明太祖朱元璋，為抗元蒙暴政，先佐郭子興起兵於濠州，後自稱為吳王，討平陳子諒、張士誠，揮軍北上，克燕京（今之北京），代元而有天下，建都南京。

中華民國推翻滿清三百年專制王朝，肇建民國，去陳腐、滌積弊、行民主、造民福，亦奠都於南京。

自春秋戰國而至中華民國二千餘年，江浙兩省，均為帝王建國立都於此，不僅民物豐阜，交通便捷，富魚鹽之利，貿易海外，利市百倍。管子曰：「倉廩實而知禮義，衣食足而知榮辱。」人民殷富之後，禮義興，榮辱重，殷實之家購書藏書以教子弟，自漢唐而至今日，人才卓犖、綿繼不絕，教化霑及親鄰，互為激盪，形成江浙兩省沛然文風。禮樂興，文化盛，詩書傳誦，人人儀態莊重，言談揖讓。民間則習樂嫻武，隨而出之經史，講文論藝，踐禮醉樂，人皆彬彬君子。

黃信樵先生，祖籍浙江樂清，樂清濱海，位於甌江北岸。濱海之民，心胸開闊，包羅廣泛。其在二千餘年建國立都郁郁文風薰沐之下，素好詩書，自幼習字讀經，培養性靈，增益知識，身受鄉耆先哲之德行教化，耳濡目染，薰陶至深。民國三十五年，適值抗戰結束之後，在南京從軍，拱衛首都約二年許，國內局勢逆轉，徐蚌會戰國軍失利，總統被迫引退，他隨之經杭州，轉奉化，經溪口，入四明山；後又轉廈門鼓浪嶼，渡海峽登花蓮港，集訓待命。繼之考入陸軍官校裝甲兵科，任基層幹部——排、連、營長、參謀、教官等職，雖戎馬倥傯，則無一日不讀書寫作，誠「上馬殺賊，下馬草露布」之文武全才。限齡退休後，經歷三所學校教職，以其專長汽車修護授徒，並被臺北《浙江月刊》羅致為總編，將一份會刊轉型為文學重鎮，為對岸江、浙人士所重視。

現今信樵，年已超八旬，家中藏書汗牛充棟，寫作近萬篇，但出版書籍僅《木馬上的人》（陸軍）《黃信樵自選集》（黎明）、《突破》（文學街）等三冊，今聞集其多年散文為一冊，輯為生活、生涯、生存三輯，共二十篇，約八萬餘字。生活者，反於死而言，民非水火不生活；生涯者，我生也有涯，為人生有止境，亦可為處境；生存者乃死之對，如平生，此生。信樵以其寫作頗豐，僅輯「小店」、「時鐘停擺時」、「晚餐」等九篇為生活輯；「冷冷飛泉」、「忍冬花」等七篇為生涯輯；「還鄉無夢」、「我的歌唱滄桑」等四篇為生存輯。集稿之填，我以友情彌篤，搶先拜讀，深敬信樵情感之真，文筆之健，精彩處幾乎落淚，書名《青青河畔草》付梓。欣然為序。

二〇一一年三月六日於臺北木柵

CONTENTS

輯三　生存篇

輯一　生活篇

小店

我每次提著菜籃經過小店時，總覺得那年輕老闆娘帶著微笑的臉向我點頭。本來今天菜單裡不預備有鴨蛋、海帶或凍粉什麼的，但為了那個微笑太可愛了，不忍使她失望，趦進了她的店門。

天天跑菜市場，經常碰頭的菜籃族，慢慢地都熟捻了，大家一提起小店來，都有同樣地感覺，不買她一點東西，真不好意思經過她門口；她店門攔著菜市場的路，不經過也不可能。

就憑老闆娘那笑臉的魅力嗎？那也不見得。我們女人見得多，她不是最漂亮的。縱然這一天狠一狠心，或是當他忙著應付顧客的時候偷偷地過去了，則像小學生逃學似的滿肚子心虛，買了滿籃子菜，仍然意猶未盡。菜買得不夠新鮮吧，或者配菜漏買了什麼，結果還是回來，趦進她的店門，買她一二樣東西，這才是十全十美，稱心如意。

小店的生意實在太好，主婦們川流不息，大家的臉上都浮著和祥親切的笑意。儘管老闆娘是那麼地忙，有些人會因為忙而未遑顧及其他事，她總是面面俱到，補充一點意見給你，使你本來迷失了的，頓時摸著了門道，一天的生活也愜意起來。

究竟老闆娘給你些什麼意見？說也說不盡，比方說她瞥了一眼你的菜籃子，很快地認出你這天裡，主菜是什麼，副菜是什麼。

「哎呀！今天你買好多菜啊！毛豆炒蝦仁，紅燒肋脊肉，小黃魚煎豆腐，排骨冬瓜湯，還缺一樣啊！」

「你以為再配一道什麼菜？」我總是沒了主意，討教於她。

「葷的夠了，還得一樣素的配搭。」他也總是有意見。

「什麼素菜好呢？」

「黃瓜拉皮，又方便又營養，我給你選兩張上好拉皮，你到那邊去買幾條小黃瓜。」

等我小黃瓜買來，她的拉皮也已包紮好，雖然交易不多，但非常滿意。

老闆娘有兩個兒子，一個女兒，大兒子今年讀小學，小兒子讀幼稚園，小女兒還才學走路。三個孩子的媽媽了，還照顧著一個店裡的生意，真夠忙碌的了。好久好久沒有看見老闆了，真還難得見到老闆，店裡一向就是老闆娘一個人在支撐，忙裡忙外，真夠勞累的！大前年有一陣子，那年輕的老闆站在店裡幫著她照顧，看看顧主們進進出出，他呆頭呆腦的，問他啥也不懂，似乎這裡有什麼觸犯刑章的事發生，法曹派個刑警駐守小店，很不順眼。後來一打聽，才知道是她的老闆，是從日本回來度假的，還是留學生呢！正讀著博士學位！這也難怪，本不是作生意人的料子嘛。

也就在那一年，老闆娘的肚子一天天大起來，生了個女的，成為兩男一女，小家庭的計畫十全十美。也是在那一年之後，未曾再見到她的先生，爾今孩子都已會走路了，老闆娘則在活蹦亂跳。

「今天打算買些什麼菜啊？」

這天我起得早，也特別提早去菜市場，正逢著老闆娘有閒，就聊起來了。

「不知道市場裡有些什麼賣的？」

「呀！今天蝦子只賣十六元一斤，虱目魚只賣十二元一斤，小白菜只賣一元五角，都很便宜新鮮！」她一口氣說了好幾樣菜。

「唔。」我心裡已有個主意。

「那你這裡呢？買些什麼好？」

「小白菜炒蝦皮，粉絲炒蝦米，蝦皮、粉絲、蝦米，我這裡給你配。」

「這不全都是蝦了嗎？」

「蝦才好，荷爾蒙多。」

「唔……」我正想說些什麼，她則打斷了我的話。

「這叫全蝦席！」她似打趣，又似認真地說。

也真虧她說出「全蝦席」這新鮮詞兒，使我滿感興趣。她摸一下光滑髮絲，臉上堆著親切而安閒的笑容，我很少看到她有這種心情的，兩腳站著也就不想走了。

突然他若有所思地問我：

「喂，黃先生，你這幾天看報沒有？」

「看了，什麼消息嗎？」

「日本人與共產黨建交了！」

「這不是新聞，是舊聞啦？」

「日本人也真是的，不顧信義！」

「不怪日本國民，這只是少數政客的妄行，尤其是田中角榮這個首相，像三十幾年前那些軍閥一樣，結果給日本帶來無條件投降的命運，他們也不會有好的結果，你怎麼突然想起這些國家大事呢？」

「我先生在日本。」

「嗯，我忘了，妳先生好幾年沒有回國啦！」

「整整兩年。」

「學業完成了沒有？」

「唉！」她深歎一口氣。「讀博士不像讀碩士，很不容易！」

「那一次妳先生怎麼回國的？」

「那次就因為得了碩士學位，才回來一趟！」

「他讀的是什麼？」

「醫學」

「那很好，回來可以開一個醫院了吧？」

「怕讀不成了！」

「那為什麼？絕交歸絕交，讀書不妨礙的，我們在日本的留學生多得很，華僑有好幾萬呢！這些人通通回來嗎？」

「我先生說要回來，他不忍看著日本人不講信義！」

「那太可惜了，摘到手的果子又把它丟掉了！你的意見呢？」

「我也像你的想法，叫他讀下去。」

「他怎麼說？」

「他說恥與日本人為伍！」

「那也不必要，他是留學生，是中國人，又不是日本人，有什麼可恥的呢？」

「你有所不知，他是日本人。」

「什麼？」我驚訝得老半天張著嘴合不起來。「你的先生是日本人？」

「正是日本人，一點也不假，他想申請我們的國籍，不知道政府答不答應？」

我對國籍法一竅不通，但為了安慰她，頗為堅決地對她說：「只要有充分的理由，我想政府一定會准許的！」

「但願如此！」她也是抱著樂觀的態度。

說著說著，她抓了一包鹹鴨蛋，塞在我菜籃子裡，我連忙搖手，推辭著說：「我今天是依照你的全蝦席，不用鴨蛋！」

「唉啊！這是奉送的！」

「無功不受祿啊！」

「念在你是我的老主顧，今天你又給我這麼好的意見！」

想是說中了她的心，你看她臉上掛著的微笑中，充滿了希望。不忍拂逆她的好意而掃她的興，我也就欣然接受了她的餽贈。

這天的早餐，我打開鹹鴨蛋配稀飯的時候，想起那老闆娘臉上掛著的笑容和眼裡含著的希望，心裡怪不是滋味。我不知道國籍法如何規定，希望她先生的申請很快的成功。

一九七二年十月二十日寫於臺灣新竹

時鐘停擺時

家裡掛鐘停擺了，鬧鐘也靜止了，妻的定情錶以及跟隨我二十年的老爺錶好像約好似的通通歇下了工作！全家人陷入無鐘錶的摸索中，沒有時間的日子是什麼世界？現代人真難以想像！這正應著一句俗話：娶媳婦帶姨子，買豬肉搭蹄子——實在彆扭。

月底的薪水袋裡，一塊錢都有了預算，這突如其來的行動，真是猝不及防！

「買一座普通的鬧鐘應付一下吧！總不能連燒飯的時間都還得向鄰居窗外張望，說不定被人家看作另有企圖呢！」妻的怨訴也是道理。可是我上下班趕車，打卡簽到，上下課鈴聲，哪一樣不需要低頭看看腕錶？他們都已經為我服務十年以上，也已盡了各自的職責，才感得力有不逮！「人惟求舊，器惟求新！」誰說的？為你服務多年的伙伴，孰忍劇然捨之！

「等等看，修理修理，也許有一兩支念在多年相處水乳交融的份上，繼續效勞一段時期，俟我從容地預算好再買新的！」我以這話向妻解說，妻則以白眼瞪我。

「修理的錢就可以買一座新鬧鐘了！」

「器末盡其用，是暴殄天物啊！」

「不到黃河心不死！」妻嘲笑我。

「……」我無言以對。

姥姥生兒子，得救（舅的諧音）啦。一位軍中老伙伴退伍後找我作保，我問他保什麼？他說是租人家門面的一角，作修錶刻圖章的生計。

「修手錶，那我是第一個主顧！」我驚喜地為他蓋了保單，同時將四隻壞了的鐘錶統統交給他帶去。

此君一去不返，也許是門面的條件沒談妥，也許是開張的籌備工作沒有完成，我不作他想。在還沒有確定我的鐘錶是否尚有生機之前，我總是抱著一線希望的，在有希望的等待裏，我不是白等，必須經得起考驗。

記得三十多年前在南京時，看的報紙副刊有一則小故事，而今記憶猶新。

有一個大工廠負責拉氣笛的工友，遇見鐘樓的管理員。

「喂，朋友，你的鐘每天都這麼準，是對的什麼標準時間？」

「我是對本市最大工廠的汽笛啊！他們每天中午十二點拉笛時，我就調整我的鍾，一分一秒都不會差錯！」

「哼，我正是管那汽笛的！」拉汽笛的工友顯得很神氣，繼又疑惑不解地說：「我每天拉汽笛之前，是必須對一對鐘樓上的時間的！」

看來時間的標準，也是沒有絕對的，奧林匹克是根據的什麼？先別去管它，我得要適應我家時鐘停擺時期的時間表呀！

天剛明時月當中，青磬紅魚響正濃。小都市的凌晨，是聽不到寺廟暮鼓晨鐘的，可是附近營房中的號角，吹醒了我的睡夢。五時三十分起床號後，士兵們是很緊張的，穿衣著裝整內務的稜角；洗漱端槍跑步去站隊！我呢，慢條條從容不迫地披衣拉屐，走出院子聽聽鳥語，聞聞花香。據說解鳥語的公冶長聽得鳥是這樣講的：「公冶長啊公冶長，南山有隻虎拖羊，趕快前去莫徬徨，你吃肉啊我吃腸！」鳥與人，都是為了各自的利，如果我也是解鳥語，鳥們催我幹什麼呢？有人以為虐殺時間，是最為奢侈的浪費行為，我的時鐘停擺了，我覺得我的時間反為活躍了起來！

馬路上的車聲震撼，夾雜著村中雞鳴狗叫，鄰家的孩子哭，軍營中的號角響！

「托天覆地達三焦，馬上三顛飲食消；調理脾胃從單舉，搖頭擺尾固腎腰；捻拳怒目增氣力，五勞七傷向後瞧；兩手攀足去心火，兩臂開弓似射雕。」

我練完了八段錦，瞥一眼院角落那深紅色的木槿花，翠綠色的木瓜葉，深深呼吸著植物們散放出來的清新空氣，不禁感得心身十分地舒暢。

遠遠地傳來清晨叫賣聲。

「包子，饅頭；饅頭，包子！」那長曳而略帶蒼老的聲音，已漸近巷口，我開門迎了出去。

也有婦人叫賣九層糕的尖叫聲，又有了年輕人叫賣豆沙酥餅、羅蔔絲餅的。這些交織成清晨巷口熱鬧的混聲合唱。

賣包子的是一位耳順老人，精神矍爍。他推著輛舊腳踏車，臉上則展開了皺紋。

「買二十元包子！」我遞給他兩張鈔票，他卻捧給我一大包的包子。

「謝謝！」他說。

「別謝啦！我買你的包子，順便還要買你的時間。」

他先是疑惑不解，繼之會意地點點頭，望著我空空的腕臂，微笑著說：「六點零五分！」

截鐵似的給我一個肯定的時刻。

報紙送上門來，我用不著再問報童的時間，那是我早已習慣了的六時二十分。

打開報紙，慢慢地嚼著包子，同時亦咀嚼著新聞中的趣味。吃飽了早點，也消化了精神糧食。

趕學校的交通車時，總是在街上西裝店門口遇見某工廠的女作業員，她樣子像電視演員宋岡陵，大大的眼珠，白淨的臉，熨貼的髮型，這也是早晨的一劑清涼，我管她起個代名叫「玉格格」。如果有一天我走過了西裝店還未遇見她，就認定交通車的時間尚餘裕，可以邁邁方步；否則就得以小跑步來補救啦！

妻也有她的時間準據：賣豆腐的是八點叫上巷口；賣青菜的是八點二十分；賣肉鬆滷菜的是八點五十分；郵差是九點半；賣魚是十時正；這溽暑天，還有個賣冰淇淋的是十點半；送西瓜上門是十一點正。

這些人的時間，已經把我們整個上午塡得滿滿的，覺得既充實而平穩。這也是自由社會的特色。

「太太，買豆腐啊！」

我闖了出去，賣豆腐的老太婆先是一愣，接著放下她的豆腐攤自我解釋說：「我眞糊塗，今天是禮拜天，先生在家！」

我笑笑，還沒有想好該買多少錢的豆腐時，我的小兒子先我一步，拿出一個瓷碗遞給老太婆，她熟練地切下一塊豆腐放在瓷碗裏。

「爸，給她四塊錢。」小兒子命令著我，使我感到完全是一種被牽著鼻子走的舉動，很好笑。

「太太，買菜呵！又是一個中年婦人的聲音，我幾乎分不出與那賣豆腐的聲音，等見到她時覺得就是那個賣豆腐的重又回來了。——「是先生在家啊！要買些什麼菜？」又是一個驚愕。

「統統買一斤好啦！」我可以免掉選擇的勞神，也可以省掉算帳時的費心。

「青豇豆一斤、茼蒿一斤、芹菜一斤，這條黃瓜是一斤十二兩！」黃瓜總不能買半條多一點點，仍然省不了事，還得費心為她算一算帳。世事就有不能盡如人意者。

「媽孚呵！」男中音回盪在空中，淡綠色的新機車上擱著個玻璃櫃，玻璃櫃迅速被一群主婦包圍，我只得踮著腳尖站立而觀，不到五分鐘，就作成了兩百元的交易。輪到我時，我也不甘示弱；滷鴨、豬頭肉、滷豆腐皮，各都買一點，一張百元大鈔所剩無幾啦！

「媽孚」是肉鬆的閩南話，與「燒媽炸」是成閩南話叫賣的雙絕。端午節剛過，無人上門叫賣熱粽，我倒想起那肉炒蘿蔔乾滋味來，齒頰留香，懷念不已。

「太太，掛號信，拿私章！」郵差竟也拿我當女主人，我有完全被摔在一邊的感覺。心裏想著可能是報館寄稿費來了，一喜！繼之盤算是買一隻什麼樣的手錶？

當信拿在我手裡一見是某公司的通知時，頗感到失望。當打開來見是除權通知，公司在前兩年經濟不景氣的情形下，竟還有股利可發，我又重新樂了開來。

「快，快把孩子們叫進來，等會買冰淇淋的來了又吵死人！」妻一進門就提出警告。看來所有準時的服務者，只有這位先生不受歡迎的。

我問妻，賣豆腐的是否就是賣青菜的，繼之一想，不合邏輯。妻聽了我的問話，笑得前俯後仰。

「根本相差十萬八千里，一個近五十歲的老太婆，一個是四十多的大媳婦！」

妻的誇張說法，與她自己的解釋，真叫我莫名其妙，還未到五十也不是四十多嗎？女人有時的話只能不經心去聽才可以，絕不能細究。

這裡沒有工廠的汽笛聲，我真還懷念在大陸上各個大都市的饗午汽笛曳長的聲音。

午後為要對時間，可以打開電視機，不為看節目，專為看時間，或因為了看時間而看節目，是為電視製作者意想不到的收穫。

我的朋友將我全部破舊的鐘錶送回來時，真的如我自己所料，鬧鐘與妻的定情錶差堪使用一二年，需要更換的是壁上的掛鐘與我的腕錶，掛鐘多少還帶點裝飾的成分，應該買一座新式闊氣的；至於我的碗錶吧，就買一只「天梭」錶，好在我們有一筆額外的收入——公司的股權。

我家結束了時鐘停擺的時期，但這時期活躍在我們周圍，而奉獻了時間的服務者，仍深深地活躍在我們的記憶及現實生活裏。

一九七六年六月十六日寫於臺灣桃園

喫拜拜

新正初八，陽光才從頭頂偏西斜一點，妻就攜著三個蘿蔔頭出門。

「拜拜！爸爸。」小兒子左手拉著他娘，回過頭來舉起右手向我辭別。

「拜拜！」我也學著他的口氣示答，繼之一股落寞的滋味襲上心頭。

「偶過竹院逢僧話，又得浮生半日閑！」我踱到隔壁去，想找老李下盤棋，見她家裡有客人，只得踅回來，跌坐在沙發上。

百無聊賴，心算著他們大概已經搭上市內公車，此刻該已轉搭客運，向著郊野奔馳。車中極其擁擠吧，沿途乘客都是一個目的地，那裡正在忙碌著，家家戶戶像辦喜事，布棚、圓桌、紅布、杯盞碗碟、酒瓶汽水，還有一些赤腳、泥巴糊滿臉的村野小孩，在布棚下鑽穿追逐、嬉戲嚷鬧！

每年的這一天，竹北鄉的大義村與忠義村聯合演平安戲，吃拜拜請客。鵜鴣揀著旺處飛，四面八方的親友向那兩個村闔集。十年前我曾隨內人去她姐姐家，是純粹的吃客，那裡雖不是什麼草萊未闢、獉狉未啟的荒涼地；卻也是濱海夠偏僻的村莊，在新竹市搭山腳線客運車，崁頂下車，擠車的滋味就讓你先飽了口腹，再看看血淋淋的白切雞，硬梆梆的大塊鴨肉，任你食慾怎大，也難以下嚥！

十年來，每年我都是支支吾吾不乾脆答應，妻索興獨自帶著孩子去。今天趁著他們不在家，我要給他們一個驚喜，家用錢統統桶在身上，鎖了房門，漫步踱到鬧區去。

先在圖書館磨了兩小時，閱覽室裡每一種報紙都翻了翻，像淘金似的過濾，遇著吸引力強的文章細細閱讀。近些日子總是較喜歡研究大陸，友人自大陸親人處輾轉獲得一捲錄音帶，總是百聽不厭，覺得與那個世界接近一步，心理上踏實得多。今天有一篇「中共青年幹部的自白」，使我低徊翫味，默誦窮讀，猶不忍釋手。

這位署名「何方」的中共現役青年幹部，秘密訪臺，偷偷地到了桃園縣境的農村，使他感觸良多。數十年來，我只曾見過綠畦的稻田，機械化的耕耘方式，實質的農村進步，只是想當然耳。

我走出圖書館，在新竹街上閒逛，走到東門街一家銀樓前，那櫥窗裡耀眼的金黃，撩人的各種首飾，使我猛憶起前年秋，妻被我賣掉的金鏈子，只換得八千餘元。此後金價如脫韁野馬，一發不可收拾；妻整日價嘀咕，耳根總不得安寧！最近據聞金價跌落很多，很想買回來賠償她，讓她驚喜驚喜，於是我踏進銀樓門去。

胖胖的老闆笑臉相迎。

「金價賣出多少？」我問。

「兩千七百五十元一錢。」

「我買條五錢重的鏈子幾時可拿？」

「現成的，立即可拿！」

「好，我要一條五錢重的。」

他選了一條秤過，算了賬，給我小心包裝好，然後交待他妻子收我的錢。我覺得他另有要事似的，隨便搭訕說：

「老闆，你要去吃拜拜呀？」

「不錯，正要去竹北崁頂吃拜拜。」

「崁頂那一家？」我冒失地問

「姓金的，是我從前年輕時服兵役的伙伴。」

「你也姓金的吧？」我打趣說。

「我姓銀，哈哈……」

他大笑，我也跟著大笑，總覺得姓銀的是很少有，銀樓老闆姓銀，是他跟我打哈哈。遂追問一句：

「你真的姓銀？」

「說笑的，我姓曾，曾國藩的曾。」

此時銀樓老闆娘已將我數給她的十幾張千元大鈔收起，老闆突然想起問我：

「你怎麼知道今天吃拜拜？」

「因為我有親戚住在崁頂。」

「那好極了，我們一同去！」

「老闆有車？」

「朋友有車，我們只有三個人去，福特跑天下，可以坐四五個人沒有問題。」

「那……」我略作考慮，立即決定：「我就搭便車了。」

有了專車，不用跟著擠車拼命，心理上解除了一種威脅，不禁眉飛色舞。老闆遞一張報紙給我看，著我安心地等。我又翻到那一篇文章，再次讀它，愈讀興趣愈濃，這位中共幹部竟說出內心的話，認為臺灣竟無乞丐，簡直不可思議。我對臺灣乞丐有更進一步的認識，乞丐並非是窮，是投的人們慈悲心理，裝著可憐的樣子，其實有的乞丐存在銀行的錢比我們還多，這是我親身遇見，一點也不是吹的。

有一次，我在郵局領錢，在櫃臺上填寫時，一個乞丐靠著我，我聞得他身上的惡臭，下意識地讓開，他又逼近過來，不禁使我毛髮懍懍，難道新聞報導金光黨什麼的，盯上了我，不由提高警覺，把那填寫的數字用手遮住，他連看也不看，期期艾艾地用臺語說：

「先生，我不認識字。」

他拿出一本存摺遞給我說：「請你給我填一填。」

「存還是取？」我也用臺語問他。

「存。」

「存多少？」

「五千元。」他把一疊零零碎碎的鈔票遞給我，我沒有接，要他自己交給櫃臺。於是我取一張存款單，把他的姓名、存摺號碼、錢數等填好交給他，無意中發現他的存款總數竟達二十八萬之鉅，與我那五萬的存款，還要提掉兩萬的相比，幾乎是十倍。從那之後，我對臺灣乞丐的觀念，另有一種看法。

「先生，車子來了。」老闆喊我，我連忙放下報紙，跨步站在騎樓下，見一輛墨綠色福特跑天下，很顯眼地停在街角。我倆同時鑽進車後座，老闆與他們用臺語略略介紹了我，大家有說有笑，倒像是老朋友。

車飛馳在原野裡，遠煙近樹，桑間濮上，自有一種心境。我依稀記起連襟的家是瓦屋平房四合院農莊，那附近有兩間店鋪，賣的雜貨；週圍稻田包圍著這數家農莊，自成一村。現今原先的雜貨店改建高樓，又增加了兩家，店裡的貨物琳瑯滿目，撩人耀眼。附近有一家小工廠，今日停工，空地上也擺滿了酒席。姊夫家的晒穀場還是晒穀場，而今鋪了水泥地，比之原來泥巴地，晒穀時臨時灑上一層糞水則乾淨清爽。這時候太陽未落山，晒穀場上是空空的，駕車的朋友小心翼翼地將車倒在靠邊，我忖度是他過度小心，何用如此靠邊？

大家下車後，姊夫已站在路旁，笑吟吟的招呼每個人，就是沒有招呼我，我想他可能弄錯人，但見這些客人一逕向姊夫家走去，我也跟在後面。內人一眼見到我，大聲嚷嚷：

「你不是說不來的嗎？又來幹啥？」

「我是特地送鍊子來的！」我把那個紅色塑膠圓盒遞給妻，她驚奇地瞪我一眼，趕快收起來。孩子們一見我，怪親熱地喊「爸爸！爸爸！」就像是分別了有多久似的。

姊夫到此時方認識過來，我是他的姨妹夫，特意要補償先前的疏忽，拿來一包長壽牌香菸，開了封，第一支先遞給我。我同來的朋友，知道我們是被同一家所請，也特別地高興，大家相約等會要加倍多喝幾杯酒。

孩子們的嘴巴不得空，不是拿條雞腿啃，就是端碗米粉吃。我一根菸一根菸地猛抽，也嗑著瓜子。莊稼事，我不懂，插不上嘴，又想起那一篇中共幹部的自白，有了話題，我一開匣，應上俗語的一段話：「人不說不知，木不鑽不透，沙鍋不打不漏！」這下子，我全給漏了。

那位金老闆，他也看過那篇文章，等我發表完了意見，他再加補充，他認為連中共的幹部都承認臺灣比大陸好，他覺得臺灣的好更有信心了。

關於吃拜拜，近年我在苗栗吃的很多，因為在一家私立職校任教，每遇校內老師或同學家中請客，總是把我們住校老師全部請了去，摩托車成隊浩浩蕩蕩，東家吃了吃西家，就像是吃的專業隊伍，所以這方面我的經驗豐富。你只管吃就好了，用不著客氣，臺灣對於吃客是特別慷慨，喝酒是不醉不休，菜餚的烹調技術也比以前進步，多是請的專業外燴廚師。但姊夫家，據內人說，歷年都是她姐姐殺雞宰鴨，親手調羹湯。內人對她姐姐的烹調技術有偏好，津津樂道。我恰巧相反，認為白切雞太生，鴨肉太韌，清燉的又太爛，墨魚片切的太厚，有些麵粉油炸的甜點太老，只有那一碗筍湯，酸得我十年後的今天還是回味無窮。

我踱到廚房去觀看，最小的姨妹也在那裡幫忙，她認為我餓慌了找了來，裝一碗炒米粉塞給我，我也就不客氣吃了起來，恰巧被姊夫撞見。他數落我這大把年紀，還像個小孩，蹲在廚房裡吃零食，等會兒正式上桌，肚子飽了怎吃的下山珍海饈。我被數落得不好意思起來，草草地扒完炒米粉，走到晒穀場上去消化。

那裏已停了五輛小轎車，一輛比一輛新，有一輛好似二千四百西西裕隆勝利豪華轎車。

天漸漸地黯下來，心想這不起眼的小村莊，居然有五輛包車出現，正在想得出神，路轉角竟有四五輛車，一輛輛的接踵而至，一下子晒穀場增加了一倍的車輛，我趕快逃開，跑回屋裡找內人說話：

「喂，牽手，我出個問題你答。」

「什麼問題？」

「如果我去買輛二手貨中古小轎車，十幾萬元的，可以代步，也不用拼死拼活擠客運車，像到你姊夫家吃拜拜，包車來包車去的神氣不神氣？」

「算了吧，不要發這種神經，十幾萬的你想神氣，百多萬的也神氣不起來。」

「姑媽來了！姑媽來了！」小孩子奔走吼嚷，漪歟盛哉，增加了來客的聲勢。我心一動，也跑出去看熱鬧，一輛乳白色的名牌凱迪拉克轎車，冉冉地在晒穀場內泅動，一下子停住，一位中年婦人走下車來，別無其他乘客。自用轎車，狹義的解釋，是一個人使用的一輛車。那車殼光亮，真如「寶劍在匣，明珠在韓」，其光不能掩，可把我驚呆了！

此時天空全黯下來，晒穀場上的小轎車，仍在一輛一輛地增加，我也無心再為那不關己的事牽腸掛肚！只是心裡發一奇想，行政院孫院長今天在報上呼籲大家節省能源，看樣子他說他的，效果不彰，唯一的辦法只有汽油再加價，但又能奈何得了他們呵？

吃飯了，我欲去廚房幫著拿菜，大姨制止我說：「這些菜不上桌！」

「那還有什麼菜？」我不解地問，菜也是雙套的，真是。

「已經有人去端菜了！」看來我還是乖乖地純粹當一個吃客吧！

少頃，好些青年人端來菜擺在布棚下席上，居然是甘藍菜填底的炒豬肝，淨炒雜燴，奶油假火腿肉，炒蝦仁，鰻魚湯等等，此後陸續上來的悶碗鼈湯、排骨筍湯、糖醋鯉魚等等，甜點是布丁、芋泥、蛋糕；水果是蘋果、棗、洋桃，此外另有較為俗氣的養樂多；喝的是紹興酒與吉利果。我怕紹興酒性猛，後勁烈，放幾枚酸梅，居然與他們拼了幾大杯。孩子們原已在廚房裡吃了雞腿、米粉，以及那些大塊大塊瘦肉，一見這桌上的菜有別，他們又揀了好些吃，真是又飽又過癮，觥籌交錯，杯盤狼藉呢！

我總算是真正領略了農村的進步，只十年而已，如此的令人驚訝！回來時我全家搭他們姑媽的豪華轎車，路途上被各種大大小小的車輛壅塞住，「車如流水馬如龍」，我想起詩人描述盛唐時長安的繁榮，竟在臺灣小小的村莊裡實現。豪華轎車英雄無用武之地，只能牛步化，有些青年人識貨，衝著我們豎大拇指，我們全家可開了一次大洋葷，也打了一次大牙祭。

一九八一年二月十四日寫於臺灣新竹

肉鋪子交情

走進竹蓮市場，鑽穿過濃郁的魚腥陣，一溜十多家純是賣豬肉的。我欲割一斤瘦肉，走向瘦老闆的肉鋪子，這已數不出是第幾次了。

第一次買他的豬肉是為好奇，賣肉的老闆個個胖嘟嘟，獨他瘦皮猴；第二次買他的豬肉是為同情，大家的生意都很忙，獨他清淡淡；第三次、第四次……我變作不由自主。

五年了，也不算短的歲月，我從沒有買過旁人的豬肉，儘管他的生意已是很好，有時候還要排隊等，我仍是樂意。

我認為最使我愜意的，年前只要跟他說一句：「瘦老闆，灌十斤香腸！」隔不多天，十斤香腸曬得好好，用機車送到了家。用不著你娃兒放屁──小氣，借把秤來過過重；價錢絕不算貴。那香腸真叫是香腸，馨香撲鼻，甘甜爽口，孩子們喜歡，大人們笑嘻嘻。據說他是用真正的金門高粱攙拌；有一次他偷偷告訴我，我的那些還用馬祖大麴，怪不得是那麼地香！

嘗一臠而知全鼎味，生意人做買賣是那樣地貨真價實，怎不籠絡得我服貼貼的。

「今年打算曬幾刀臘肉？」年前他主動地提示我。

「十刀，二十斤，不多也不少！」

「打明天我給您送去。」

用不著你引領翹待，望眼欲穿，電鈴響了，對話器裡準是他不像殺豬的細柔聲音。

「老闆！」他也是習慣這麼稱呼我。「給您送來了，十刀臘肉，趁著天氣好，風厲日勁，趕快醃吧！醬油都給你帶來了。」

一瓶一千八百CC裝的美味太子醬油，外加一包五香，都是他額外贈送。

算得上我們是熟人了，也夠得上是個朋友，我們同席喝過酒，拼過量。人惟求舊、器惟求新，這個朋友是交定了。

「你真會交朋友，賣豬肉的也要攀交，三教九流通通來！」老伴常會似欣賞，則又怨懟的嘮叨著。

「這有什麼關係！」我不以為意地反駁說：「我是挑水夫回頭—過了井（景）的人；還在月底下看影子，自看自大幹什麼？」

「人家姓甚名誰？底牌跟你亮過嘛！」

「姓啥啊？」我自拍腦門一記，這檔子事，實在老糊塗了，有點疏忽。

最近瘦老闆嫁女兒，給我大模大樣來一張帖子。這帖子還是大紅色，方方整整摺疊式，特大型的，那箇雙囍字凹了進去，十十足足燙的金。請柬是由他親手遞交給我，用不著仔細瞧，反正記牢日期去就是，捅在兜裡，到時搖搖擺擺地晃了去。

瘦老闆的住家就在竹蓮市場後面弄子裡，我知道路，摸進弄巷，看見掛著紅鍛繡金線的橫幅帳幔，那準定是不錯。正中客堂已擺了兩席酒，客人已到的差不多，有的嗑瓜子、有的抽香菸，我這兩項都不愛，摸一顆糖果在消磨時間。

突見瘦老闆自裡屋跑出，一改那油膩膩灰夾克的那種邋遢相，一襲藍綢棉袍，裹住他那一身的皮包骨，顯得臃腫腫的樣子。他一見我，就不由分說，拉著就向裡屋走。

「老闆，您這一到，真是蓬蓽生輝，蓬蓽生輝！」他這一連串孔夫子打響屁、文氣沖天的恭維話，真還使我心裡掛不住，胸口上串一鑰匙、真開心呢！

「不敢當！不敢當！」我連連拱手推讓說。

「這裡！這裡！」看他人是瘦小，勁道則很大，他把我像拉死豬似的拉在大沙發上，我睜隻眼瞧瞧，也瞧出這屋裡的排場來。

偌大成套的乳黃色皮沙發，大理石茶几，彩色電視機，萬年青、仙人掌、古榕樹的盆景擺設，頭頂上還有架套著帆布的冷氣機。靠上首是一張鏤花長桌，多采多姿的神堂，神堂前擺著一席菜餚。

「今天有多少客人啊？」我冒冒失失突然衝出這一句話，心裡則在自我盤問著，生意人嘛！總是劉海的腳鴨子——淨站在錢上的。我個人是耗子尾巴上長瘡，有多少膿血呢！

「一兩百吧！」他淡淡地說。

「哎！」我驚叫了起來。

「那你這三桌酒席怎麼夠？」

「還有，還有！」他漫應著，一臂又去招呼其他的客人。我不知他葫蘆裡賣的什麼藥，大概是流水席，吃飽了就走，陸陸續續來客人。

「老闆，您不用代我躭憂，後面還大著呢！」他雖然忙進忙出，一點也沒有忽略我，有了空，特地走到我面前，答覆我這句話。

看見一批批的客人向後面走，為了一探究竟，我站起來想跟向後面去。他眼快，瘦胳臂輕輕一按，又把我按在沙發上。

「您就在這裡，您就在這裡！」

看他人瘦，力氣還真大，我扭不過他，只好任之擺佈。不多久，一些西裝革履，紳士派頭十足的客人進了客廳，於是我們統統被讓上桌。

幸虧帶了名片，同席的每人分一張，也收回了六七張，乍一瞄，不是議員，就是市民代表。我的名銜是退休教員，不起眼！這些位同席，套句臺灣諺語：「腳踏馬屎——噴官氣。」我一時形穢，侷侷促促儘努力挾菜，增加營養為是。

「老師，請！」

「老師，請乾一杯！」

忽然老師之聲此起彼落，我這辭別杏壇五年的老教員，一時心陶陶然，乍一聽起來又親切又尊嚴的這稱呼，不知不覺耳熱淚流，一杯杯的紹興酒下了肚，酒精蟲在肚子裡造反。

席上的我們，酒興正濃，談的都是經濟與政治，更不忘競選時那本苦經，亟是樂念不已。我搭不上嘴，心裡的疑問跟酒嗝打交道——瘦老闆居然與這些闊貴賓是朋友呢！

酒醉菜飽，趁著還有幾分醒著，我退了席。想起先前進來時，未曾注意收禮的帳桌，忘了將準備好的紅包交出去，臨走時我塞給主人，悄悄地咬著他耳朵。

「我小意思拿不出去，你知道我，小兒科慣了，就你自己收下吧！」

「您老闆人到已夠我面子了，還送這箇。」他把那紅包塞給我，使我莫可奈何。推來推去，人多雜亂，而增騷擾；我也不願出這鋒頭，自個去找帳桌，卻不見蹤影，也打聽不出來，徒然空焦急，只好等著客人們散去，再拿出來，於是我站在較靜的一角呆等著。

客人已走得差不多了，主人發現了我。

「來來來！您老闆再喝杯茶走。」

「不，不！」我看是機會了，趕緊掏出紅包說：「趁著現在沒人，你給我收下，否則我今天走不了！」

「您走就是了。」

「不行，我從未賒欠過！」

「誰記您的帳？」

「這不好意思，快收起來。」

他看拗不過我，收下來，卻堅決地說：「我暫時收下，就當是您老闆定購豬肉，隔天我給您送到府上去。」

我只當這是表面客套話，也是他自找臺階下。心裡很踏實，交易十分完滿。

過了兩天，他真的踵門送肉，四斤瘦肉，三斤排骨。並且趁著是孩子開門，他親自給塞進冰箱，孩子傻傻的，不知就裡，沒有說起，我以為他登門作禮貌拜謝，應酬幾句也算了。

俟午飯炒菜時，老伴發現冰箱滿滿的，才驚叫起來。

「你這個人，真叫沒有辦法，交了賣豬肉的朋友，吃喜酒送禮那當別論，偷偷地買人家賣不了的豬肉，那又何苦！」

「你這是什麼話？」我莫名奇妙地反問老伴。

「唐伯虎的話，你看！」她大開冰箱的門，讓我瞧個仔細。

「這……」我一拍腦門，恍然大悟。「剛才瘦老闆是專程送豬肉來的？」叫來剛剛應門的大兒子，審問一番。

「是的，爹，那位瘦老闆自個兒塞進冰箱去的！」

「哎，這人……」我又拍腦袋蓋，轉向老伴。「孩子的娘，這個人真怪，請客不肯收禮，拗不過我，聲言暫時收下，隔天送豬肉來，那知真的送來了！」

「這不好，你送回去吧！」老伴是個古板人物，她是不貪這便宜的。

「你叫我送回去，偌大一包，我也提不動，反正要買豬肉吃的，我送錢去好了，豬肉把它放在冰庫裡冷凍吧！」

打鐵要趁熱，我拿著六百元，當著散步，慢慢地踱到市場去。

「您老闆還要買肉呀！」瘦老闆稍稍帶驚訝地問道。

「不是買肉，是送肉錢的呀！我跟你說過，從來不賒帳的！」我數了數六百元鈔票，遞給他。

「您打我六隻耳光好了。」他把瘦皮猴臉湊了過來。

「你真的？」我舉起大巴掌。

「打，打呀！」他湊的更近，把附近肉攤上的人都惹笑了。

「這究竟是怎麼一回事？」我想又是一場劇烈的推讓戰，我很怕這一仗，沒有把握打勝，遂說：「乾脆你擺明了說吧！」

「你老闆是性情中人，我就明人不說暗話，就實說了吧！」他頓了頓，柔和地說：「嫁女兒請客，是我打的幌子。」

「幌子？」我疑惑不解地問：「難道你沒有嫁女兒？騙人的？」

「嫁女兒是真的，但是請客不收禮，你見過那天有收禮桌嗎？」

「收禮桌！」我拍一記腦袋。「好像是有？好像是沒有？」

「你老闆說笑話，那裏好像是有，好像是沒有？沒有就沒有！我此次請客，全請的老主顧，我擺肉攤子，擺了整整五年。你老闆打第一天起，就照顧我生意，一年三百六十五天，你照顧了我多少生意？我也賺了你不知有多少？我那房子雖然不是新蓋的，可也是一年前才買的舊屋，建坪八十，價值三百萬，我的錢是那裏來的？還不是你們客人送的，我請一次客回報，又算得了什麼？」

他一連串的問話，問得我張口結舌，想想也是緣份。半晌才支支吾吾地說：

「做生意將本求利，是應該的，提什麼回報；我若沒有你的豬肉吃，我怎會胖嘟嘟的，我也應該回報你的了，把我身上的肉割點給你，讓你胖了些。」

「好呀！您請客，我一定來！」他爽朗地說。

「我娶媳婦啊？」
「好啊！您的大公子雙十年華的吧？」
「你認識我兒子？」
「今天是他開的門。」
「這傻孩子，像個書呆子，開門就不管其他的了，你塞豬肉進冰箱！他也不講一聲。」
「這才好呀！就這麼著，您娶媳婦時，我過來嘴巴抹石灰！」
「哈哈……」
「哈哈……」
好幾位肉鋪子老闆都放聲大笑，我被他們笑得沉下臉，鎩羽而歸！

一九八二年二月十六日寫於臺灣新竹

分饗

莊子逍遙遊：「鷦鷯巢於深林，不過一枝；鼴鼠飲河，不過滿腹。」一個人肚皮只有這般大，吃不了倒掉，暴殄天物，是遭雷劈的；適量而入，乃為正途，節儉如孔子，卻說：「食饐而餲，魚餒而肉敗，不食。色惡不食，臭惡不食，失飪不食，不時不食……」聖人若處今日，餿水油所烹調佳餚，當亦不食。「食不厭精，膾不厭細。」喫是生活藝術，不僅果腹而已！自己大快朵頤之餘，想起沒有吃到的親朋好友，分而饗之，乃中華文化薰陶下的崇高理想，分饗最便捷之一途，即敲鄰居之門；不用舟車，更能適時見效，又能表現濃郁人情味。

我服務於陸軍野戰部隊多年，成家與搬家為聯想詞，短短二十年之中，搬過十次家，算是較低紀錄。聽老一輩同袍閒聊，步兵拖家帶眷，騾馬總是用來馱鍋碗瓢盆的，叮鈴噹鎯是行軍中「閃亮的節奏」。其實，處今日工商業社會，及運輸工具起飛時代；搬家，小事一椿，渡海搬家，越洋搬家，都是稀鬆平常，只是搬家去星球上，尚未之聞而已。家搬多了，鄰居所見亦多，有時在大街上與人交臂而過，突然對方回過頭來打個招呼，一想想不起是誰？不用孤疑瞎猜，總是舊日鄰居。

俗說：「遠親不如近鄰」。睦鄰是求得「助人人助」的不二途徑。中庸「厚往而薄來」，又云「去讒遠色，賤貨而貴德」，都是針對著睦鄰的教育而言。我家總是被好鄰居們「接濟」，爾今復興基地生活富庶出了名，尤其吃的名堂特別多，無論南北口味，歐美西餐，應有盡有；清蒸爛熬，紅燒白燉，花樣百出；講究的是色、香、味、觸的餐飲藝術；先決條件是選料、搭配、火候、時鮮；清淡如豆腐，亦要四川麻婆；葷炒如雞丁，又是貴州宮保；喝碗湯，還要北海仿膳齋的馬先生；取根髓精粹，得珍饈佳饌；殺虎賣肉門庭若市，搶購一空；皇帝餐，烹龍庖鳳，滿漢全席，都將見怪不怪！孟子曰：「食、色，性也」。

住在新竹湖口時，有一位鄰居舌頭長、嘴巴快；又是廣播器、包打聽；四兩進來，要以半斤急讓，她找的對象往往就是吾家，因為我們沒法驅逐她，只好容納。她懂得一點心理學，想要我們耐心聽她嘮叨，拿點食物作為酬勞，把我們的嘴巴塞住，無置喙餘地。即或她那滔滔黃河，氾濫成災，也不會有精神上虧欠。可憐愚夫婦倆，常常因此而成沉溺！為了保持家中有一人冷靜，以便救溺，愚夫婦虛與委蛇，一人裝著在聽，另一人進行家務事。否則我們孩子群放學後，別想有飯吃，她送的那些濃香雋郁肴食，只夠我一家人塞牙縫。

新竹的一位芳鄰，她本人的職業是跑天下，吃四方；丈夫又是個大忙人；智商一百五十的獨生子，是鑰匙兒童。內人正好是有婆婆媽媽的形象，於是作為她施惠的對象，說句刻薄話，是僱請便宜的女傭。她那三寸不爛之舌，在全省各地風景區，得心應手，無論鹹甜酸辣，照單全收。那些包裝考究的食品，照道理說是不會有問題，所以打開來一嚐，總覺得有變味。這不能沒有警覺心，我們也建立了一種分饗的嚴格檢驗制度，除了還在冒熱氣，或觸摸燙手的以外，其他一概要經過嚐試確定新鮮無虞時，才許孩子們享用。

有一次，她送來一大包肉鬆，這是鑰匙兒童夾麵包的標準食物，就像美國人牛排與馬鈴薯，漢堡牛肉與炸洋芋絲，熱狗、鹹肉與雞蛋，是無時或缺的。她慷慨分饗鄰居，一定是太陽從西邊出，異乎尋常！幸好我們有檢驗制度，一經嚐試，確定是孩子不小心倒翻，怕挨揍，在地上連灰沙一把抓起，這味兒媲美海菜，我們只好轉手之勞，代她倒入餿水桶，這一筆「人情」，是用鋼針記的，刻骨銘心。

國人講究的是禮尚往來，分饗左鄰右舍，是希望鄰居們不只是聞香而已，而有嚐的參與感。住在復興基地的外國人，也受了這影響，感染了中華偉大的文化；在餐館裡最常見的是國人為了搶著會帳比賽角力，贏了出錢，這是祖先定下的規矩。也有外國人爭付錢，不過比較文明，往往是偷偷地先去付，我就遇上一位，還是白俄羅斯人，只緣那位翻譯是我的同學。

內人要我買些特別的特產分饗鄰居，以表示回饋，因為特別的特產難找，這計劃遲遲不能實現。最近我有臺東之行，途經屏東東港，想起有一位老友住在這裡，我買了些新竹米粉、貢丸、魚丸送去，得到的竟是活蹦活跳，在池裡撈起的大草蝦，足足有十來斤，近一百隻。這東西確實昂貴，市場裡要價一百八十元一斤，每次被那蝦殼上一節節青青的鮮豔顏色所誘惑，但一問價錢，都只有伸舌頭的份。現我擁有如此之多，又能符合內人所說「特別的特產」，我將之分裝十數包，分饗左鄰右舍。

時代在向前進，我們的釣魚生涯也在向前進。現在的時髦是釣蝦，我不知道釣蝦與釣魚的情趣是否有別？垂綸的趣味，魚兒上鉤後矯健靈活掙扎為最高潮，垂釣者與魚兒，一在竿端，一在線端，兩者的比試，鬥力抑鬥智，可以發揮技藝與能力，淋漓盡致；蝦沒有魚兒矯健，或有跳的特技，這情趣如何？就不得而知了。我住家附近，原有塊青綠地，附近都已是高樓大廈，它仍保持萬灰叢中一點綠，是十分難得。可是最近卻引來一泓清水，桑田變滄海，成為養蝦池，旁邊搭著屋棚為海鮮餐館，供人在池水旁邊釣邊飲，過神仙般生活。

有一位鄰居，我曾送過他六尾草蝦，他嚐鮮之餘，疑是我在這池裡釣得的，亟欲一試。他在池旁徘徊怯顧時，巧被我遇見，他打著哈哈說：

「蝦很好釣嗎？」

「不知道。」

「那你怎有蝦送給我?」
「是朋友送給我的。」
「草蝦很好吃!」
「很好吃!」
我們打著哈哈分手,沒有去嚐試釣蝦的藝術趣味。
「某某人送大草蝦分饗鄰居」,吾家一時間聲名大噪,好像是百萬富翁的大捐贈,其實我只送這麼一百零一次,還是慷他人之慨;而他們送我的無日無之,甚有一日數起。我的孩子早已熟稔這種規矩,見鄰居阿媽阿婆在家裡閒聊,桌上有令人垂涎的食物,他們也不會去聞,待鄰居一走,則一個箭步上前爭搶,內人則輕聲呵責,這也算是吾家小小的生活情趣。
中庸曰:「施諸己而不願,亦勿施於人」。中華文化就是這麼微妙。

一九八五年十月三日寫於臺灣新竹

晚餐

內子剛將舀好的湯端出放在桌上，小兒子的五爪已伸進來。

「滾燙的呢！」她一聲猛吼，翻椽掀瓦，驚天動地。小兒子得到警告，趕緊縮手，只燙了小節手指，但眼睛還牢牢地盯在螢光幕上。

我搖搖頭，不忍心將電視機關掉，只教訓他專心吃飯，私底下在想，該讓他們享受一頓美好的晚餐吧！

「真的這麼好看？」內子容或有所不服，她是背對著電視機的，歪著腦袋亮了一下眸子，螢光幕上此刻正是放大鏡頭的卡通人物，呲牙裂嘴，誇張的兇神惡煞模樣。「看什麼！不倒胃口嗎？」

「才不會呢！」

又是老問題的爭辯與牽扯，我不想淌這人們稱為「代溝」的渾水，加緊扒完飯蹓。

「我說嘛，你要拿出魄力來，吃飯不許看電視，要看電視就請他們儘快吃完飯。」內子嘀哩咕嚕開始進攻，箭頭是對著我。

「陳腔濫調，老生常談！」我只是以感慨系之的態度作擋箭牌。

晚餐，沙鍋裡是鰱魚頭、鵪鶉蛋、豆腐白菜湯，熱騰騰在冒煙，氤氳中淨是白色，難怪他會看作白瓷匙。前陣子傳播界竭力呼籲「公筷母匙」，小兒子為了好奇而響應，晚餐時總由他擺筷匙，為了能徹底實行，他必須監督全桌家人用餐，因此忘掉看電視，這是「公筷母匙」創始者意想不到的副作用，可惜內子自己將之毀棄，她認為一家人還避這嫌彼，有傳染病的早已傳染上了，還等到今日？這就是國人根深柢固的舊觀念。也是阻礙進步的致命傷。

「公筷母匙」在我家晚餐席上只維持了一星期，算是五分鐘熱度的最適當詮釋。

內子的庖廚手藝屬中等，有時瞎碰瞎撞，也有上乘之作；只是她抱定慢工出細活的態度，讓人受不了，尤其冷傲，客人不瞭解，以為不夠誠心，故意拖延。空肚子聽到廚房裡「滋滋」油炸聲，會引起飢腸轆轆，鳴鼓而攻，難捱時偷偷塞幾片餅乾，又倒了胃口；此種因果循環，永遠在我家生活圈子裡穿攢，又不能予以大事砰訇，那樣弄巧反拙，來次罷烹飪，那就只有乾瞪眼的份了！記起一則可供茶餘飯後談助的笑話，說說無妨，或能療飢？

古有一塾師綽號「饞魚燈」，此燈點不亮書房，在飯桌上大放異彩，他總愛問莘莘學子：「今兒晚餐誰家請？」家長們為了討好先生，想博得他傾囊傳授學問，總是使出看家本領，款以山珍海味；這位先生享盡了人間口福。有一學生家貧如洗，寡母含辛茹苦，指望兒子能讀點書，識些字，好在社會上立足，這塾師不予體諒；其母逼於無奈，通知塾師某日來家晚餐，存心整這饞魚。

當塾師遵約到家時，學生倒履相迎；其母在廚下以濕抹布在熱鍋上「滋滋」作響，聽起來不由人口不生津，肚子也特別覺得餓；可是久久不見進一步動靜，「猰貐垂饞涎」，塾師在忍無可忍狀況下，著學生進內探問，學生反轉告他：母親宿疾突發，腹疼難熬，在床上打滾。塾師問這可有特效藥否？學生告之饞魚燈油可治。塾師問此油何處可求？學生告以唯塾師身上肉可熬油；塾師聞言狼狽而逃，成為驚怖的流產晚餐。

「我的先生，你是一家之主呀！沒有規矩不能成方圓，你就立下一條法律吧！」內子仍不能饒過我，催逼甚急。

「立法！」我惶恐以應，想起孟子離婁篇：「徒善不足以為政，徒法不能以自行」句，深以為誡，還是不立為妙；英儒戴雪亦說：「憲法不是造成的，而是長成的」。我家這種積疾，逐本溯源，還是內子的性格使然，溫吞水慢騰騰所引起。

我家每天的晚餐四菜一湯，原為最精華的施設吧，四菜絕不能少；內子曾提議五菜一湯梅花餐，我感於她的熱誠，格於她的自不量力，毅然決然予以否決，所以四菜一湯，至今遵行不悖；至於菜的質，蒸蒸日上；花樣也層出不窮，諸如糖醋排骨、苦瓜包肉、醬爆雞丁、檸檬汁溜魚片、廣式咕咾肉、蕃茄塞肉、魚香茄子、蠔油豆腐、麻婆豆腐等等不一而足。我年輕時在軍中吃飯「打衝鋒」成了習慣，往往內子的第三道菜還未上來，我兩碗飯已扒完了；孩子們動作較慢，藉著邊看電視邊吃飯，方配合上品嚐滿席；在這種情形下硬性拔掉電視插頭，豈不天下大亂？此事該從長計議。

三家電視臺也是孩子們的同情者，他們往往在我家晚餐時播出「無敵鐵金剛」、「宇宙戰艦」、「神力女超人」、「藍色小精靈」等卡通世界，自然形成兩極端的對立，除非狠下心把電視機給砸爛！

我每在晚餐後，總要讀一段書，藉以填補飯後電視新聞未到的空檔時段，今天讀荀子，當讀到「松柏經隆冬而不凋，當霜雪而不變」句時，有極多感慨；去年一年，無論世事或國內衝擊，堪稱蜩螗沸羹。南非的種族暴亂事件之後，緊接著孟加拉灣查克拉克島的颱風與海嘯慘禍；比利時歐洲杯足球賽的暴亂之後，緊跟著埃及環航客機的被劫；六月末梢印航客機在愛爾蘭上空墜毀，無獨有偶，八月間日航噴射客機墜毀長野山區；墨西哥發生了強烈地震，哥倫比亞則火山爆發；年尾美軍機失了事，羅馬及維也納機場恐怖份子又暴行；災黎動亂，動亂災黎，非洲的飢荒未已，越南要對高棉發動乾季攻勢；國內的十信案件與劉宜良案件，也湊湊熱鬧，免得讓外人忘了我們的存在！幸好我中華民族天賦不屈性格，在五千年歷史中就飽經憂患，百折不撓先總統蔣公的「處變不驚」訓示，依然新新鮮鮮印在我人腦際，作為金科玉律。

氣象報告，這幾天臺灣地區寒流過境，北部地區早晚溫度在十度以下，夠叫人打哆嗦的。想那長在深山裡的五鬚松，聳直著多節的幹、拉裂開皺皺的皮，像刺蝟似的黃色松毬果，總是頑皮的趁著人們不注意時，輕輕的垂直掉落，如恰巧打中你的帽子，則引來一陣回味無窮的歡笑；還有那山地自生，高達千丈、樹大數圍，皮光滑，枝幹修聳的羅漢柏，傲岸地在百木中稱王！它們不把隆冬放在眼裡，霜雪自也不在他的話下了。

人要學松柏，不凋不變！肉體不能，靈魂要能！……

「你有完沒有？」突然聽到女主人一聲猛喝，氣氛又頓形緊張起來，原來不斷闖禍的小兒子，眼睛還盯在螢光幕上，筷子卻在盤碗間亂碰亂撞！斯可忍孰不可忍也，發作是必然的趨勢。想那在飢餓中的非洲人民，能吃飽是多麼奢侈的一種慾望，而我們眼前的佳餚，竟被如此罔顧忽略？身在福中的孩子，能知福嗎？

「有了！」中庸之道乃是從和諧中求均衡，從均衡中求進步。只要我夫妻倆用些心，挪點力，將電視機移轉一個角度，時間上重新安排，不用立重法；讓晚餐在和諧、團聚、愉快中進行，自自然然成長為一種融樂的氣氛，也掙回那份溫馨和醇的家庭興味。

一九八六年一月六日寫於臺灣新竹

筵席有感

箕子洪範八政，第一項是食：「國以民為本，民以食為天」；吃不飽，營養不足，身體衰弱，認為是人格上的缺陷。周武王平定殷亂，天下宗周，賢士伯夷與叔齊二人，恥食周粟，以野草維生，終及餓死，作采薇之歌，淒惶哀絕，明末蒼雪大師詩曰：「誰能甘願死，自喜比夷齊」！當時殷紂酒池肉林，淫奢逸樂，故所在皆是草竊姦宄；牧野鷹揚，殷師倒戈相向，紂王自焚而死，百姓簞食壺漿，以迎武王。讀這一段歷史，似乎離不開一個「吃」字，我們一個偏僻鄉鎮，為了吃拜拜，不惜放棄一條溝通要道的大橋建設，這叫本末倒置。

年前筆者一位長輩亡故，八六高齡，無疾而終，鄉人認為是喜事，廣發紅帖，我與內子代表全家去送殯，向老人家作最後的一瞥跪別，雖然沒有熱淚，總感得熱鬧中悽涼味！

鄉人認為是十足的喜事，議員來了，議長也到了；鄉長來了，鄉長候選人也到了；大家笑容滿面，拱手為禮，趁機拉拉票；儀式上雖也有驚天動地的感淚，墳山上更有石破天驚的慟哭（倔代哭專人），除了媳婦、女兒要裝裝門面，不能沒有眼淚外，披麻戴孝的孝子，臉上竟有笑容，默默禱告，破聲而出，滑稽突梯：「阿爸，您不能太節省，有好吃的多吃吃，常常回家看看，不要拄拐杖走路，乘計程車好多了，我多燒紙錢給您老人家，用不完的。」

墳山上下來，稻埕上已擺開八十六席筵席，有酒有可樂，山珍海餚，盡其饕餮，「西施舌」毒人膾炙人口，正鬧得滿城風雨之際，主人無忌，客人更無畏，一位胖阿婆頗知吃的訣門，她大啖特啖，還舉箸讓大家，嘖嘖稱讚這物鮮美無比。一位年輕人告訴她：

「阿婆，這東西有毒，南部毒倒了好多人！」

「無毒！無毒！我吃過。」

她不知報紙上新聞鬧得有多大，「不知者無罪」，所以她會發福。

八十六桌筵席，特意設計老人八六高齡壽終正寢之義，來客巧得好處，觥籌交錯，杯盤狼藉，剩菜殘羹一桶桶。表兄嫂們的誠意，給我夫婦倆裝了一大袋帶回家，雖然大家都是豐衣足食，但人類是個奇怪動物，家鄉有兩句俚俗話：「肚飽了眼睛未飽，眼飽了心理未飽」！被親戚家請客，硬是吃飽了猶未足，還要拿個夠。

我們千辛萬苦地將一大袋殘餚帶回家，電鍋煮飯，水正在沸騰，孩子們空腹看電視，洗菜、切菜、炒菜還得要調理，正好一大袋的殘餚派上用場，回鍋一下，盛一大一小兩海碗端上桌。

「什麼菜？」孩子們齊聲問。

「什錦菜。」內子頗有應付能力，隨口而出。

「勝利餐，成功菜。」我補充說明。軍中有一種火鍋大雜燴，就是這種帶著豪邁雄壯的菜名稱。

孩子們由好奇而勇敢伸箸，一箸箸認為十分鮮美，小海碗一掃而空，筷子齊伸向大海碗。

「這是什麼？」有五百度近視的老大，筷子上挾著一塊排骨，光溜溜的一根骨頭。

「排骨骨頭。」我的眼尖，隨口應付。

「怎麼光溜溜的沒有一絲肉呢？」老大發生了疑問。

「大概是人家吃過的吧！」老二推理說。

「呃！吃過的？」老大瞪大他瞇細的眼。

「這本來就是剩菜嘛！」他娘據實而告。

「好噁心！」孩子們都有了很快的反應，眾多雙筷子齊伸向大海碗，撈起好多肉骨、雞骨、魚骨，愈撈愈噁心，一齊放下筷子——罷吃運動！

「從前上海有位大亨。」我講故事，企圖挽回，藉機勸誘。

「什麼是大亨？」小兒子搶著問。

「大亨就是今日的董事長之流，為有錢的老闆。」

「怎麼樣？」他們都感興趣聽，我乘勢講下去。

「他不喜歡吃筵席……」

「大概吃得太多太膩了！」

「他卻喜歡吃殘餚，派傭人去大菜館裡購買，拿回家回鍋後吃！」

「枉為有錢的老闆！」

「所以你們吃吃也無妨。」

「不知道，無所謂；知道了，嚥不下喉嚨！喏喏，這是什麼？」老二又發難，挾著一枚蚌殼在燈光下透視。

「西施舌！」大家一齊起哄。

「你們真大膽，連西施舌也敢吃！」

「沒有毒的！」內子解釋說：「一位老阿婆吃得津津有味，人家胖嘟嘟的健康的很。」

「我們不吃！」老大領頭，正式提出異議，再經檢討，索性整大海碗廢棄不要，並將塑膠袋裡也一齊倒掉，讓人家的豬去享受美食。

孩子們沒有吃飽晚飯，只好泡生力麵來填肚。

這一幕「殘餚」悲喜劇總算落幕，可是我心理上的不平衡則無法消除。想當年，我在首都南京駐紮，採買買不到蔬菜，只好在人家田園裡撿殘敗黃菜葉充數；豬肉每隔五天每人領到一兩，煮起來一大鍋，幾塊肥肉浮在湯面上，誘足了人的饞嘴；一大面盆南瓜湯，像黃金似的澆在飯上，大快朵頤；花生米、黃豆是高營養食品，早餐稀飯配黃豆，天天如此；內人也有一番說詞，什麼連皮帶泥土的蕃薯簽，煮泔糜仔（稀飯），配鹹瓜仔脯，有一次番薯糜裡吃出老鼠頭來，眼珠子還亮亮的。

其實人類文明的進步，在食的方面表現最敏感，現自美進口的黃豆，並非舶來品，黃豆為夏代人后稷所種，古稱菽，詩經豳風七月篇：「七月烝葵及菽」。英文黃豆soy bean還取自菽的音。國父曰：「以黃豆代肉類，為中國人所發明。西人稱我為素食民族，而此素食民族得以保持健康者，大豆之功為多。」

老人歸天，送殯者眾，主人為表示謝意，以筵席饗客，應無可厚非，如能以素餐饗之，豈不更能符合悲哀之道理？

一九八六年二月十二日寫於臺灣新竹

春融幽篁

不是因為我今定居新竹市，纔提筆寫竹，竹對我素有緣分，就是對整個人類，亦極其密切，尤其我國古時候，可說不能一日無此君也。

我家鄉是在北雁蕩山南流入海附近，雁蕩山支脈林木蓊翳，翠竹葳蕤，全世界竹桿都是圓的，雁蕩山竟有「方」竹，其竹桿竟是方形，也是一奇。晉時任永嘉郡太守的書法家王羲之，曾到過我家鄉，那時張薦家有苦竹數十頃，張薦為一名士，在竹林中為盧，王右軍造訪，他竟躲藏到竹林深處去，避不見面，故世人稱之為「竹中高士」。讀這一段史事軼聞，窺斑知豹，應可概見我也是生長在竹林中的人了。

我外祖父在樂清縣城中開一家竹店，凡竹製用具，應有盡有，大者如曬穀用竹蓆，曬衣用竹竿，豎起比房子還高；小者如篦筐、簪子、篾箍，不及盈握；其他如籮筐、竹掃帚、竹筢、簸箕、洗米筲箕、竹籃、箬笠、篩子、篾纜等等，無不齊備。我少時在那些竹製用品間穿梭奔跑，即使踢倒了竹器，也用不著挨罵，因為竹製用具踢不爛、碰不碎，所以我對它們有一種特殊的親切感；竹筍的鮮美，更是不在話下，曾經聽一位長輩說故事，有人考問唐寅什麼最好吃？這位風趣小生說是「飢最好吃」；飢與雞同音，我們見識不多，就以雞為葷菜之冠，卻以竹筍為素菜之王，常常在口頭上爭長道短，唱和者也真不少。

民國三十八年春，我隨軍駐防四明山中的東疆村，該村四面環山，山繁水複，中窪為谷，翠竹簫簫，村民為了敬軍，准許我們自由挖筍，一餐餐的竹筍燉豆腐、竹筍絲炒豆腐乾、竹筍炒肉絲（一點點五花肉）、竹筍燉黃魚（手指般長的小黃魚）湯；更不然就是竹筍炒年糕當正餐，配竹筍清湯；雖然那陣子全國都物資缺乏，我們的竹筍全席，香甜無比，可以大快朵頤。如果跟村民關係拉拉親密些，他們拿出陳年紹興酒「竹葉青」饗客，喝「竹酒」，吃「竹菜」；若是有點文墨，懂點兒詩趣，張華輕薄篇中「蒼梧竹葉清，宜城九醞醝；浮醪隨觴轉，素蟻自跳波」的詩句溜口而出了。

來臺後吃不到那樣鮮美的竹筍（此地的竹筍總是帶點苦味，或許是要我們不忘吃苦的意思），可是我沒有將這一道菜摒之於「山珍」味外。我讀過許多詩，好壞共賞，雅俗兼收，最最獲我心的還是蘇東坡那首亦莊亦諧的打油詩：「無肉令人瘦，無竹令人俗；若要不瘦又不俗，除非頓頓筍燒肉。」

竹的種類繁多，有簹竹、簹竹……等等，無論任一竹類，總是中空勁節，可製簫管，屬八音之一。禮記云：「竹聲濫」。竹無心其堅強在膚，竹筠及竹膚之堅質也。民國五十五年十一月，筆者添列國軍新文藝運動隊尾，參加第二屆文藝大會，九日下午閉幕典禮時，時任國防部長的蔣經國先生親臨主持，他一上臺就瞥見坐在前排的指導委員馬壽華先生，馬老先生是以畫竹享譽中外，光耀古今，部長即席說出竹的好處在其勁節中空，且有節操與衝天凌雲之氣勢，也傳達了君子的虛懷若谷精神。這一提示，猶如醍醐灌頂，驚醒我這生在竹中，長在竹中的懵懂人。

由於竹為亞洲季風帶的代表性植物，在我國極易生長，有所謂「竹醉日」，係種竹最容易活的日子；有兩種說法，陸璣詩疏謂五月十三日，山家清事謂八月八日；這或許是一種迷信，竹之栽種生長，自然叢繁，每年清明生笋，小滿成竹，夏至而老，其性堅剛，殆無疑義。二十四孝的孟宗哭竹求筍，孝感動天，須臾地裂筍出。嗣後凡生冬筍均稱為孟宗竹，或許是神話。

竹對人類的貢獻確是很大很大，我國人利用竹為材料，可說無微不至。近半世紀前若不是尼龍、塑膠的發明創造代用，竹製器具仍是圍繞我們的生活圈，操器具材料牛耳的地位；尼龍、塑膠給人類社會帶來的後遺症是環境汙染，竹則給人類帶來的，無論古今，永遠是清新脫俗，一見就喜愛。追溯我國五千年悠久文明的歷史，竹扮演著戲臺上小丑的角色，那裡都不能沒有她：在食的方面，我國竹筷聞名全世界，吃一餐飯，西洋文明人刀叉一大堆，我們只用兩根小竹棍，運用自如，無不得心應手；「簞食壺漿，以迎王師」，那箇「簞」就是竹製的飯碗。在衣的方面，箬笠可禦暑，亦可避雨，至今外國人還以竹笠為臺灣男女農民的標誌，筆者以為漫畫家勞瑞筆下的「李表哥」，應頭戴竹笠，手握榔頭與扳手才對。住的方面，竹籬茅舍，冬暖夏涼，居竹廬，蘇大學士認為是雅士；湖北黃岡竹樓，至今尚聞名於世；竹籬笆更是田園鄉居的典型門面，藩籬就代表一種君子風度的門墻。行，也有竹貢獻的一份力量，聞名中外的杭州筧橋，原也是竹製橋樑，後代人改建；竹索橋即為我國西南峽谷中交通的特色，竹索稱「笮」，白居易詩：「苒弱竹篾笮」，那就是一條竹索，爾今山地中，上有短狹的竹編橋用以行走，步舞其上，猶如走鋼索，觀光價值與獨木橋異曲同工。

竹對於音樂上的貢獻更大，古時候的書箱是竹製品，「負笈他鄉」就是揹著竹製書箱去求學；竹簡用以寫字編書，史記：「請著之竹帛」，猶書之於簡策與縑素也；假如沒有竹，遠古的文化歷史都無法傳承；紙原先也是用竹漿，至今用的是木漿為多；音樂上竹更是佔絕對多數，先是女媧造笙，黃帝時造簫笛，後有箏、笳、筑、管、竽、笣、篁、籥等等，不勝枚舉。一般工具遠古時的針，也是竹製，所以寫成「箴」，戰國時才改成鍼，或針；禮器如簋為方器，簠為圓器，籩為盛果實用，簝為盛肉用；竹器發明在陶器、玉器、銅器之先，所以後來的禮器仍仿照竹器形狀與式樣；兵器用竹為材者有矢，故稱之為箭，弓亦用竹材，盾牌亦有部份為竹。

篁為竹田，楚辭：「余楚幽篁兮，終不見天」。竹田在古代與禾田並重，竹之用途，在古時可說「不可須臾離也」。晉時名士嵇康，邀陳留、阮籍及其兄子咸、河內山濤與向秀、沛國劉伶、琅琊王戎等作竹林之遊，世稱「竹林七賢」，成為竹的佳話。我今居住新竹市，籍設市區，因靠近客雅山，春暖日麗，憑窗遠眺，綠色一片；夜靜時尚聞窸窸窣窣竹葉娓娓細語，清晨尤聆賞竹露清滴聲響，踱步竹林邊緣，蹀躞在苔蘚上，我不禁想起王維的一首竹里館：「獨坐幽篁裡，彈琴復長嘯；深林人不知，明月來相照」。不由心曠神怡，意興遄飛。

一九八六年二月三日寫於臺灣新竹

變葉樹

人心是不滿足的，我家前後陽臺已是繁花如錦，芳草芊芊，包括孤挺花、小蝦花、蒲包花、菊花、曇花、萬年青、龍吐珠、虎紋草、聖誕紅、圓葉榕、古榕等等數十盆。內人前幾天去姨妹家作客，又帶回來四株變葉樹，有濶葉的、針葉的、捲葉的、以及紅綠二色葉的；我一下子買來四隻瓷盆，加以栽植，早晚努力澆水，期以欣欣向榮，繁衍綿延。

不巧的是琳恩風婆，那幾日挾帶著豪雨，不期而至，我這四盆變葉樹由於植基不固，被風雨摧殘到東倒西歪，搖搖欲墜，較之其他紋風不動的花草樹木，似嫌羸弱單薄。颱風翌日早晨，琳恩風勁一弱，豪雨一收，我立即重新佈署，將四盆變葉樹作根性的種植，捶實新添的泥土，撐以堅硬的石塊，使之穩固不易搖動，並且將它擺在客廳正面落地門面前，掀起門簾，可直接監督與觀察。枝的搖擺，葉的顫動，在日影與燈映下，歷歷在目，一覽無餘。

我整天坐在客廳沙發上，兩目注視那四盆樹，它傲然挺立著，雖搖動而顯骨氣。收音機的氣象播報，琳恩轉向北北東，可能登陸臺南，或是沿臺灣海峽直趨而上；如登陸臺南，即是賽洛馬風災的翻版；如沿臺灣海峽直上，則帶來豪雨，重蹈八七水災覆轍。此次琳恩，雖不算強勁颱風，但因豪雨不弱，並以「隔山打牛」之姿，使臺北成澤國，北部瑞芳等地區頻頻山崩，全省死亡失蹤人數已達六十餘人。

我不是因為新竹地區平平安安，而說「風涼」話，我家僅有的「防颱」措施，止於四棵變葉樹的移動，因為它們是從另一遙遠地方，新移植過來，暫時水土不服，氣候不適應，加以新竹「九降風」本來就大，新栽土鬆軟，是值得我人更加以額外照顧的，所以我整天望著它，守著它，因而也得出了生命的意義。

佛家以慈悲為懷，曾說「惟惜螻蟻細走路，為愛飛蛾不點燈」。螻蟻與飛蛾，對人類一無是處，尚且愛惜，何況是供人觀賞，能賞心悅目的奇卉異樹呢！《文心雕龍》物色說：「春秋代序，陰陽慘舒，物色之動，心亦搖焉……」可見心是隨物移，我家四棵變葉樹與琳恩颱風掙扎搏鬥，我既已有意栽植，豈能放棄責任掉以輕心？胡適在「蘭花草」裡寫的好：「我從山中來，帶來蘭花草，種在小園中，希望花開早……」這首歌詞，我只要稍改幾個字，就是我此刻心理的寫照了。我是希望我家變葉樹能夠生長好美好雅的樹葉，如果它經不起打擊，那只有失敗，扼殺生機，不需多久，一張張葉子，都紛紛落地歸於泥土。

但它到底是一群堅韌強勁的生命力，經一晝夜的奮戰，今早起來，照樣是屹立不動，風婆屈服了，她收起了雌威。

雨後初霽，清晨街上行人車輛稀少，我在食品路、明湖路一帶散散步，看見路旁牆頭伸出與我家變葉樹相同的樹種，是以前未曾注意者，此時它們都傲然屹立著，我佩服了，覺得它們也是可愛的一族。

一九八七年十月二十八日寫於臺灣新竹

輯二　生涯篇

冷冷飛泉

三十八年，是近代中國人的大劫；一月二十一日，領袖蔣公被迫「引退」，於是全國人心惶惶，國家命運，危如累卵！

那時候，我隨軍住在南京黃埔路，與美軍顧問團營房比鄰，常於夜晚聞見隔牆鶯聲燕語，婆娑舞影，而吾人則瘏口嘵舌，憂心如酲。

有一夜勤，酷寒料峭，進入崗亭吹氣取暖，偶爾仰觀天宇，正是滿穹星斗，璀璨透剔，像黑幕上嵌入的一顆顆鑽石，晶瑩光芒四射；猝然一陣無來由的烏雲，像奔騰的野馬，風馳電掣，一霎時間將星星層層遮蓋！旋即值星人員吹緊急集合哨音，操場上人影幢幢，一輛輛載重車首尾啣接而至。崗哨即行奉命撤銷，捲起簡單背囊，蜿蜒於夜馬路行軍，奔向不知的去處。

大時代的急流，個人只是一粒細沙，洶湧澎湃的心潮，東碰西撞的蹭蹬，像是流星；誠然，流星有其永恆軌跡，一抹劃過，瞬間顯隱，殞落何處？都是一種命運。

當吾人處在千巖競秀，萬壑爭流的「四明山」美景中；及身蒼翠蓊鬱，碧波映帶的「雪竇山」氛圍內，那種心頭的起伏，亦逐漸逐漸的平復。四明山，祂彷彿巨靈之神，發脈自天臺山，逶迤向東北，有二百八十座峯，緜亙八百餘里，涵蓋浙省之鄞縣、奉化、慈谿、餘姚、上虞、嵊縣、寧海七縣境；山中有一方石，四面如牕，中通日月星辰之光，因而得名；山中名勝古蹟無數，景物奇麗無比。有說江南無山不寺，無水不亭，雪竇寺與四明山，千丈崖與飛雪亭，正印證此說。國人以黃山松石、廬山雲海、錢塘狂潮、西湖夜泛、雁蕩飛瀑，乃至太湖風帆沙鳥，蘇州無錫庭園，為遊屐所至豪情；更而登山海、雁門，上泰山、長城，遊曲阜，入皇都，則是人生享受，躊躇滿志呢！

我們駐紮在三隱潭之上的「隱潭廟」，席樓廊地板舖，凝眸睇視大殿神龕，香煙繚繞不絕，仰觀黃甍綠桷，古意盎然，自覺十分適意。此地行政隸屬於奉化縣剡後鄉東嶴村，境內孔嶴為剡溪的水源發祥地，層巒疊嶂，松柏楓杉成蔭，環境甚為清幽。唯廟前為一彎乾溪，只見卵石，未窺清流，則終日汩汩之聲不絕，正合著傳聞「四明山中有伏流」之說，誠大自然之神奇莫測；剡溪出口處名「六詔」，由此起點，蜿蜿蜒蜒，分為兩流，一向西北，經新昌、嵊縣、上虞入曹娥江；一向東，經奉化、鄞縣入甬江，均匯入錢塘江，歸東海。

隱潭廟之下為三座隱潭，自千丈崖蹬級，每凡二百餘級見一潭，級既盡，復叠石橫棧，深崖巨壑，泉水碧綠如黛，甘冽芬芳，徐霞客遊記裡名句：「石峽之內復有石峽，瀑布之上更懸瀑布」，正此之謂。隱潭內更有祥龍的神話，廟中供奉之神為三官大帝，威武傲岸，神采怡然，為鎮潭之天、地、水神呀！

我們進駐之初，是在農曆年節前後，由於全天候忙著構築工事，無暇細想這時代的惡魔，是如何吞噬下大塊錦繡河山？乍一接觸這大自然美景，在不畏嚴寒的參天喬木間，造成嶄新的視野，頓覺人類思想是多麼地狹窄！值夜勤時，在萬籟俱寂中，深自省察，或為個人含時代的噩夢；構工停歇休憩之暇，偶爾躺在溪中巨石之上，仰觀環伺左右的羣峯，俯察溪底淙淙之流泉，認為山林水石，獸禽草樹，實乃天賜良工，人力難望及其奧妙。晚霞酡紅醉赤，氣勢縱橫闊肆，煙波氤氳浩渺，亦可品味出混淆中一許少年飛揚壯志。

四明山固以多峯多水聞名，到處可見青翠岡巒，環抱著碧水，陡峭呈險形，有如晴天一柱，隻掌托空；有如天馬行空，奔馳騰躍；有若旌旗展空，飄搖盪漾、有若畢立卓筆，掠空一揮；在多變的晨霧迷濛中，峯巒時隱時顯，意興遄飛；在氤氳的嵐光掩映間，夕色欲飛欲滅，淬勵奮發；造物者如此神奇，令人嘆為觀止。

這山中，號稱有十萬共軍，自設番號曰：「三五支隊」，三五者三三五五也，一群烏合之眾，包括鄰近流竄之天臺山、會稽山、括蒼山、雁蕩山，互為支應，共成聲勢，蛇虺出沒，盜賊逞強，打家越貨，為其正統戰；尤以偷偷摸摸的勾當，吾人更不能掉以輕心，所以構築工事作業，採取剿匪戰最精進的三層陣地，包括主陣地、前進陣地、與前哨陣地，一重重，一疊疊，固若金湯，安如磐石；進可攻，退可守，為完整的攻防設施；流汗流血，胼手胝足，以期萬無一失；揚名立萬，喋血沙場，亦在此一舉。匪徒蟄伏在山之深處，不敢越雷池一步！東嶴村、隱潭廟，以及東疆村，自成前哨鐵三角之勢。

正當我們守株以待之時，一天突接緊急命令，著移防雪竇寺，個人認為難得的機會，欣喜莫名。雪竇寺乃山中名剎，建於唐、興於宋，舊稱「瀑布觀音寺」，供大慈大悲觀世音菩薩，為吾浙佛教重鎮；宋時改稱「雪竇資聖寺」，據考宋仁宗嘗夢至一名山，詔圖天下山川以進，當披覽及於雪竇，恍然與夢境相若，因而特敕賚寺僧；嗣後宋理宗親筆御書「應夢名山」，懸於寺中以紀，成為佳話，雪竇寺之名，至是蜚聲中外古今。寺之正前方，為妙高臺，臺之建築，高遠幽邈，巋然獨存；飛閣凌虛，一望無際。臺後有屋數椽，係蔣公於日理萬機，執簡馭繁之頃，返鄉度假，韜光養晦，歇息是處。臺之東側為梅園，在此嚴酷寒冽之早春期，綠萼正盛，紅梅白梅吐綻，適足說明梅花愈冷愈開花之特性，其艷麗淒美，輕靈婉約，自當不在話下。更動人的是附近樹林中的青翠鳥鳴，一聲聲嘹亮婉轉，啟人遐思；間有一些經不起寒冷的殘冬禿枝，屹然矗立，青綠與灰白，生命與死亡，自有一陣掙扎；一抹清淺，一夕呢喃，總是教人刻骨銘心。

妙高臺下有一涼亭，取名「飛雪」。驀然回首，那一夜哨勤務，為我一生中最嚴厲的考驗，當我得知被遴選為飛雪亭下三複哨徹夜勤務時，一股莫名的興奮與激動，直抒胸臆，犧牲奉獻，奉獻犧牲，沒有比這更令人感受深刻的，細心謹慎地整好裝備後，與其他八位同志，唿哨著攜手邁步。按規定九人區分為三組，每組三人，於亭子周圍逡巡，其餘六人在亭子中擁裳假寐，每隔一小時輪替換班；當時大家的責任心都很重，認為領袖蔣公這一夜必宿於妙高臺，說不定還有來自首都的要人，共商國事，此處方圓數公哩，僅僅我們九條好漢武力保護，又七折八扣區分大部分人休憩，哨力似嫌單薄，今日領袖之安全，猶如千鈞一髮，岌岌可危，他卻絡繫著國命之存亡，吾人豈能貪圖一己之安逸？於是經全體一致決議，大家徹夜不眠不休，恪勤匪懈！

那時候我們確屬年輕，九個人不到兩百歲，無論豪情壯志，熱情鬥志，都是頂尖兒；鬼怪欲竄入，魑魅想稱心，門都沒有！大家精神一抖擻，眼睛睜得大大的，哪怕夜涼如水，寒氣森森！山林草樹間，石崖隙罅處，即使是山中的嬌寵——野兔、松鼠等都別想進入哨兵範圍。

子夜後，寒意襲人更深更厲，枯枝繁葉更濃更密，眼前黑漆漆，大地被霧靄籠罩，枝葉隨著夜風婆娑搖曳，凜烈的北風，寒徹骨髓，這麼一來，再強韌的支持力，亦要倒了！呵欠連連是第一個信號，頻頻打盹追踵而至，站著就睏是大軍壓境，這滋味不很好受，再也聽不到蟲吟豸奏，風動樹搖！正在大家無計可施，有誰率先倡行「苦肉計」，將步鎗刺刀尖抵住頸部，只要頭一低沉，頸部立即觸著刀尖，因刺痛而驚醒，扞格如此，亦算妙計；中國人的文化，就是發明的文化，史前的燧人、有巢、伏羲、神農不說，我們的祖宗黃帝，在逐鹿之戰，發明了指南針，終使禮樂聞名的中華兒女，戰勝了好勇鬥狠的蚩尤徒眾。辦法是人用腦袋絞出來的，創意是有歷史的脈搏，我越先賢句踐的「臥薪嚐膽」給大家的啟示最深。

當曙色自東方逐漸擴大，森林中裊裊上升的白煙，靈光爆破似地頓覺清明；一宵無話，三複哨徹夜勤務亦告圓滿結束。俗說：「養兵千日，用在一朝」；軍人的生活，總是多采多姿。

也許是上級給我慷慨酬勞，翌日清晨遨遊千丈崖，雖然是自帶乾糧飲水，全副武裝，整隊出發，以戰備急行軍科目遊山玩水，卻也是大家自入山以來，夢寐以求的一天。

曙色初露，晨光曦微，我們踏著征程出發；由四面八方簇擁而至的山嵐霧靄，繚繞左右前後，縹縹緲緲，含煙籠霧，揮之猶不去，摔也難摔掉；腳下猶一腳深一腳淺，正茫然難以適當處理時，突自天際那抹透剔亮麗的光環，破空而出；眼前驟覺巉崖愈險，陡坡愈峻，大家蹭蹭蹬蹬循崖而下，安抵仰止橋頭，站立橋上，抬頭一覽千丈崖之瀑布全貌。

論千丈崖之形勢，可以「雄偉神奇」四字概括，衝濤絕瀨，驚心動魄，猶不在話下！遙望雪竇山，雪竇山係四明山之山中山，為全山之精粹所在，由山麓至山巔，高約數里，四山環合，中有平田數百，遠煙近樹，桑間濮上，儼然世外，亦頗富樵耕詩趣；山之東西，各出一水，蹊蹬超絕，人們在箇中求取生涯，艱苦簡陋可以想見，日常行動形同冒險，未嘗聞有因此求去者，國人之生活純樸，可見一斑。兩瀑自山崖左右縈帶，分瀉而下，至一缺口處，又合流成一較大瀑面，壁立千仞，拍案驚呼，千丈崖名至實歸。

流泉至一峭壁，突自山崖中伸出一巨石，猶如巨靈魔掌，阻斷俯衝水勢，因此飛珠濺雪，誠司馬光言：「形既朽滅，神亦飄散」；當簷珠碎玉，再聚一塊時，其勢更不可當，雄渾邃密，雲蒸霞蔚，日光一輝映，自成萬道燦爛色彩，其雄偉神奇，變化莫測，令人嘆為觀止，心為之飄搖，幾疑身在幻境，子虛烏有！其實吾人身在畫圖中，只為一小圓點。

宇宙間萬事萬物，本來就是大圓點中小圓點，小圓點中小小圓點，連環套鎖，肥厚茁壯！白雲藍天，紅花綠樹，明月清風，高山流水，無不是胸懷寬敞，大公無私，只要您能欣賞，它都願意呈獻，大自然將美與醜兼容並蓄，絕不會斤斤計較，所以哲者告誡：「退一步海闊天空」；天道有循環之理，天地之間，本來就是一段最長距離，天人合一的境界，懸之高空，必有無數的挫折，要人們以超凡毅力，不斷地去追求；更需要體認和諧的意義，寬大容忍。

我們再度調防最前哨的鐵三角，駐東疆村。時序已入春深花開，滿山滿谷的杜鵑花，顆顆細嫩的新枝葉，更加上那純白、鵝黃、粉紅、橙赤、絳紫、靛青五顏六色，豐草綠縟，點綴得這世界更絢麗、更璀璨；而那山中不知名的小鳥，婉轉清脆，歌聲嘹亮，敬告我們嚴冬確已去遠。雪萊詩曰：「冬天盡了，春天還會遠嗎？」

這裡已有堅固完整的工事，只以圓鍬、十字鎬修修，用不著大動土木；附近山崗上，綠竹成蔭，枯葉滿地，張潮在幽夢影中的第六恨，為「竹多落葉」，似乎想像那是煞風景的事，可是他沒有想到枯葉下另藏玄機，那就是嫩嫩的新筍了。此地老百姓揚言，只要我們愛喫，能挖多少儘量挖，筍，成為我們山居生活的美食。竹的中空勁節，也可做為人類行為的典範，更是就便教人運動遊戲，無論盪鞦韆，走高索，空中飛人，年輕人愛怎麼玩，就怎麼玩？在此古風盎然的純淨天地裡，我們的生活飛揚跋扈！

村民來告，「上雪竇」來了一位四川老道，不知是何來頭？上雪竇寺，也是舊雪竇，與雪竇資聖寺有別，主持性海法師，我非常熟稔，此人詩、書、畫均絕，我曾要求他在我日記簿上題字留念，他不順我的意思，寫些勸人行善、信佛、膜拜、禮香的經籤，而握如椽大筆，揮就八字正楷：「毋懼強敵，毋輕小醜」。據說這是領袖蔣公北伐誓師詞中兩摘句，可見這和尚是入世的和尚，也是愛國的和尚，我認他做朋友。得村民告，我立即向主官請命，自願去上雪竇調查遠來的客人。

當我踏進這清靜的佛堂時，性海法師正在聚精會神地做畫，旁坐一位面紅齒豁，銀髯拂胸的老道人，由其愷藹祥和，支頤出神的態度，說什麼也不用多所懷疑。我上前搭訕，再加上性海法師的穿針引線，一下子也變作十分地熟稔。於是我攤開那「百寶書」（由於山居簡陋，無書可讀，日記簿是我惟一的文化，也包容了箴言雋語，千秋義理，因此自嘲為百寶書），要求這位峨眉老道題幾個字，他卻問我：「你去過千丈崖嗎？」我答以「原心甚嚮往，因探驪而得珠，一遊千丈崖，為我生平最得意事！」他說：「好極了！」不假思索，蘸飽了墨，寫下陸機的兩句詩：「山溜何泠泠，飛泉漱鳴玉」。我不甚了解，辭出時，墨瀋未乾，呵氣求其速乾途中，忽覺當年的時局，頗符詩中含意，老道也是入世的道人，說不定兩位都是超人呢！

五月出山，限於行動機密，未能向兩位僧道辭行，深以為憾，不知爾等今日仙蹤何處？

一九八六年六月二十三日寫於臺灣新竹

學塗的歲月

我讀小學六年級時，只差一個月就要畢業，偏偏敵機天天來空襲，上學其實只是躲警報，學校怕負不起太大的責任，索性提前放假，我們沒有經過畢業考試，也拿到一張正正式式的畢業文憑。

就憑這張畢業證書，翌年去考初中，考試後覺得不十分滿意，放榜時不敢去看榜，一位同學卻來轉告我錄取了，家人怕我讀書時仍然是頻頻警報，不讓我去就讀。嗣後聽說東鄉新創了一所初級中學，敵機從未去東鄉轟炸，空襲也很少發生，家人就讓我去東鄉，但已過了開學時期，不得其門而入，只好再等一年。這一年我玩暈了頭，沒有看過一頁書，考試多門不及格，以致名落孫山，心中十分懊惱！父親在一氣之下，遂留我在東鄉一個大鎮上當布店學徒。

當學徒沒有在家時的自由愜意，活動的空間就只有店前店後那麼兩塊地，學徒的主要職責是上下門板、挑滿缸水、掃前後地、擦櫥窗玻璃，這些工作都做完了之後，纔抽空捲布、度布、學打算盤。

有一次隔壁棉花店老闆，有一批帳遇上除法的困難，認為我家老闆是高中畢業，定有大學問，珠算也一定棒，就請他代算。我家老闆不是用珠算，而是用算術去筆算，算得快又準。我當學徒之初，本來就有妄自菲薄的味道，今見老闆的除法演算，跟我在小學學的一模一樣，心頭就覺得癢癢的，頗有一獻身手的慾望。又一次棉花店老闆再請我老闆代算時，我就自告奮勇，越俎代庖，算得比老闆更準更快，那棉花店老闆見了高興得直嚷：「讀書的真好！讀書的真好！」

從那天之後，我腦子裏始終縈迴著隔壁棉花店老闆的話：「讀書的真好……」。我雖然沒有辦法繼續讀書，但是熱切希望有書可讀，因此在整理店裏貨物時，我常常會匪夷所思地東找西尋。好在我是學徒，不是伙計，負的是整理清潔的職責，也給了我搜尋斷簡殘篇的機會。有一次我發現了一本給蟲蟻蛀過的《幼學瓊林》，我也就不客氣，無師自通地「混沌初開」起來；不知是那位師兄，在《古文觀止》裏用狼豪小楷筆，恭恭敬敬地抄錄了李白的「春夜宴桃李園序」、劉禹錫的「陋室銘」、陶淵明的「五柳先生傳」三篇文章，我只花一天工夫，就能倒背如流。師祖常常講《聊齋誌異》的鬼狐故事給我聽，我總覺得不過癮，很想自己找《聊齋誌異》來讀，師祖認為我的程度不夠，卻拿來幾本薄薄的《三字經》、《百家姓》、《千字文》給我，我那裏把它們放在眼裏，只一天時間把《三字經》與《千字文》背得滾瓜爛熟，《百家姓》也能熟讀不澀。

有一天，大概是發生了柴荒，師娘叫我到樓上去找一些舊報紙來生火，我的活動範圍本來只是店前與店後，樓上是師兄及伙計們的寢室，正是男人的天下，女人的禁地，所以師娘不敢上去，要我代勞。成年男人的天地，有一種特殊的臭味，我捏著鼻子一衝而入，發現一個角落堆著大疊舊報紙，有上海的「新報」、「申報」、「新申報」、「大公報」，以及浙江的「東南日報」、「浙甌日報」等等，簡直是寶藏哩！我捨不得拿去燒，揀了幾張全是廣告版的略以搪塞。找報紙的工作完成後，我還捨不得立刻下樓，在一座穀倉的後面，發現一間廢棄的臥室，蚊帳掛得好好的，只是灰塵滿佈；床前是一張長方形書桌，靠牆壁是一個衣櫃，沒有上鎖，一觸即開，裏面居然裝一衣櫃的書：有線裝的、平裝的、也有精裝燙金的，包括古典章回小說：《石頭記》、《西廂記》、《天雨花》；雜記：《東萊博議》、《聊齋誌異》；武俠小說：《七俠五義》、《小五義》、《兒女英雄傳》；新派小說：《家》、《春》、《秋》；還有翻譯小說：《戰爭與和平》、《包法利夫人》、《小婦人》、《塊肉餘生錄》；還有就是鴛鴦蝴蝶派張恨水、馮玉奇等的言情小說，真是卷帙浩繁，眼花撩亂。

師娘見我在樓上這麼久，她猛一聲喊，我慌慌忙忙揣了一本書在懷裏，就拿著一疊舊報紙，匆匆地下樓交了差。

在店前，我忙不迭地取出書，一看卻是國父的《三民主義》，我認為《三民主義》也是一本名著，就一逕地讀下去，這一讀更讀出興趣來，竟愛不釋手，第一天就讀了大半本。第二天再繼續讀，正讀到民生主義第二講澳洲一個醉漢，糊裏糊塗出三百元，買下一塊地皮，後來地價上漲，醉漢成為澳洲的第一富翁時，師傅叫我出去買東西，我把書伏轉過來，人飛跑而去，師傅卻過去翻翻我的書，竟原封不動的又伏轉過來。我知道書被動過，但還能保持原樣，曉得師傅准我看書，也就更大膽，看了一本又去換一本。看鴛鴦蝴蝶派的言情小說，我有點提心吊膽，但是沒有出過差錯。看書成為我的嗜好，生吞活剝，毫無選擇，《西廂記》的十里長亭張生與崔鶯鶯訣別的一幕，賺了我一些兒女情淚，《水滸傳》景陽崗武松打虎，也賺了我一些叫好聲。

抗戰已到了末期，敵人為了「以戰養戰」，到東鄉來擄掠物資，我們布店裏在一夜之間，就被擄劫去了三分之一布疋，師傅怕再次損失，就將一些貴重的綾羅綢緞，綑紮成包，僱一烏篷船托運到鄉下他姊姊家藏匿。姊姊雖是至親，仍然怕負責任，師傅就派我在她家坐鎮。店裏只留些粗棉布讓伙計們做清淡生意。

他姊姊是中年守寡婦女，膝下一男一女，男的與我同年，女的大兩歲，正是二八佳人，姿色秀麗，長得像仕女圖的美人兒，瓜子臉，櫻桃口，丹鳳眼，文文靜靜，只是皮膚稍嫌蠟黃。那男孩子原也讀中學，也因戰亂而輟學，他會拉胡琴，把抗戰歌曲入調，居然有板有眼，那「九一八！九一八……」也能賺我的熱淚。我跟他學琴，他拿出一把京胡，一把二胡任我選，我嫌京胡低沉渾濁，認為二胡鏗鏘剛烈，就取二胡學習。可能我太缺乏音樂細胞，學了好久也只學會「瀆、來、米、法、梳……」的手指運用，始終拉不成曲調，遂廢然而止。他家門前是一條小河，綠波粼粼，非常地美，也非常地靜，靜水裏有魚，垂綸之樂樂無窮，我也就忘了鄉間的生活單調。這位表姊（我隨師傅的兒子稱呼）在養蠶，我也幫著採採桑。有一天她看到桑樹上的桑椹都已發紫，認為可以採摘，我以為這是大男人的工作，自告奮勇去爬樹，爬了幾次也爬不成功，她一個弱女子，居然輕巧巧地一蹬而上，採下一箇箇紅紫的桑椹，準確巧妙地投在我兜起的長衫下襬裏。我說：

「你太會投了，恰恰投中我的懷裏。」

她那蒼黃淒美的臉上，立刻飛起一陣紅暈，顧盼而凝眸，此時覺得她實在是秀麗又嫺雅，我心深處也萌芽出愛意來。正此時際師傅來鄉下了，他通知我把地窖下的布疋拿上來，然後僱一條船，又運反市鎮去。這一舉結束了我在鄉間恬靜悠閒的生活，也斲斷了我剛剛萌發的愛苗！

回到店裏，我似乎害起相思來，專找些言情小說來讀，這時候我的讀書程度已有大進，《聊齋誌異》的人鬼戀正合我此刻心意，就一個故事一個故事精讀下去，我不僅只讀，還去思索架構，幻想著自己類似的遭遇。這種情形大約過了半年，突然一個青天霹靂，鄉下老闆姊姊家的大小姐死了，這真叫做不可思議，原來她害的肺癆，怪不得臉是那麼黃？！

日軍又再度騷擾，生意根本做不成了，店裏實在清淡無事，我拿本黃標紙的舊帳簿，裁開來反面書寫，用紫狼毫小楷筆工工整整地描，邊構思邊寫，想寫成愛情義俠的章回長篇巨著。別人不知道以為我只是學小楷書法。那帳簿很厚，我都已寫了半本，那時還沒有字數多少的觀念，故事沒完沒了，想完成它一百二十回的樣子，不防有一天師娘因柴荒找引火紙，見這舊帳簿兩面都已寫滿了字，遂撕去引火了，我欲哭無淚，再也無法繼續。

這以後我考取軍校，再唸書，入部隊，東奔西跑，始終沒有放棄過寫作這一副業，長篇雖不敢架構，短篇已達千篇，成書二集，想來這小小的成就，應歸功於那段學徒生涯，或可稱之為學學塗塗的抗戰歲月。

一九八八年一月十六日寫於臺灣新竹

忍冬花

在那山上繞道
經過一個被亂草封鎖的巖洞時，
我突兀地
又想起了前事，
怦然心動，
悵觸彌深，
魂牽夢縈，
竟是此一巖洞，
而今可說觸目驚心！

歲月遞嬗達五十寒暑，慘綠年華在離亂中偷偷溜走，我不知不覺已是鬢斑髮花一老叟。記起當年事，父親在家鄉獨力開藥舖，除了小學徒一人供差遣，店裡大大小小事全得他自己來，包括切藥、磨散、搓丸、篩末、曬藥、調劑等等。有時櫃檯上忽來一位焦急萬狀顧客，更得傾全力應付，按序是攤開藥方辨字，小秤秤藥，打算盤結算，記帳入簿，一概乾淨俐落。母親是生相伴、死相隨的得力內助，除了庭內三餐供應、漿洗灑掃，有時也在店裡敲敲切切，幫幫小忙。

小鎮僅東、西、南、北、四大街，狹窄如巷弄，中藥舖寥寥無幾，我家算是祖業老招牌，老主顧不少，父親還懂得岐黃內經，鍼艾炙穴，常常兼理把脈，所以成天不能離開店堂。

時局阽危，貼紅膏藥飛機天天空襲，找高大建築投彈搗亂，學校被炸掉一座教堂，半幢寢室，連我的蚊帳也遭殃，炸穿了十幾個大洞。那時我就讀高小秋制六年級，差廿多天就畢業，學校被迫提前放假，像蹚渾水則拿到了一張文憑。少年不知愁滋味，還以為因禍得福，樂得眉飛色舞。

躲警報去山裡最牢靠，我家鄉山連山、水連水，九牛、白雲、簫臺、丹霞、金銀溪、東西象，羣山環峙，碧水縈迴，均源出正廣山脈，綿亙北雁蕩，具奇峰、疊嶂、石洞、飛瀑之奇，有香魚、觀音竹、金星草、山樂官鳥、龍湫雲霧茶之珍。

我因獨子，得天獨厚，相對地父母期望也過高，怕我在山裡貪玩，成為肉湯子洗臉——葷了頭，今後再讀不成書！遂規定我須肩掛一隻籃，帶一本書，每天必得採滿一籃金銀花，背熟一篇古文，這樣可得獎賞兩毛錢，否則罰我晚上在家踩輪槽磨散，不給分文。

我寧可沒有獎賞，也不要處罰，這擔子忒重，將壓扁我肩仔！但玩的誘惑仍大，往往不顧一切，先玩過癮了再說，山裡有樹有洞，有芒草叢，捉迷藏最為理想。

山裡因有簫臺寺與梅溪書院，故名簫臺山，別名棋盤嶺，深巖巨壑，重巒疊嶂。樹最大最高的為楓，有六楓並排聳天矗立，蔚為壯觀；溪流縈繞，映帶碧波，甚是絢麗。際此時序已入夏，杜鵑亦凋，惟黃白相間金銀花，漫山遍野綻開，具特殊風貌。

因山離城鎮近，墳墓亦多，我家歷代祖墳均在山上，清明時節，舉家老老小小全來上墳，是一年一度盛事。我輩少年，經常偷偷個別溜上山，向爆竹響處麕集，伸手分得一枚二毫銅元，是為禮俗的一種情趣，故年輕人趨之若鶩。

鄰居女孩子名叫美蘭，是童養媳，比我大兩歲，正是荳蔻年華，及笄之年。她人跟名字一樣美，玉骨冰肌，顧盼生姿，臉蛋兒長得又甜，最討人歡喜。可惜一朵鮮花插在牛糞上，她家那位，一臉苦瓜皺皮，似長期營養不良，仗著家財百萬，又有狐群狗黨簇擁，標準紈袴，養成孤傲性格，經常眾星拱月，不可一世地家進家出，連正眼也不瞧他未來媳婦兒一眼，更遑論對她有多少份溫存。

美蘭是個好女孩，她乖巧和順，當童養媳亦能認命，從小就鍛鍊成挑水、煮飯、浣衣、縫紉、烹飪、做家務粗事能耐，閭里都誇她嫻淑端秀、勤勞儉樸，惟一的缺陷是書讀得不夠多，只跟私塾學究混兩年，認識畚箕大的字不滿一籮筐！

這一陣子為了躲警報，也隨同我們鄰居小孩到山裡去，她那可期的另一半根本把她甩開遠遠的。她溫柔婉嫕，也不好意思把丈夫跟得忒接近。這些大個兒的孩子，山地裡稱霸王，有時聚賭，有時嬉玩，恫疑虛喝，總是帶著野性與冒險性。我們這批小不點朋友，只有玩玩官兵捉強盜，按照約定俗成，無明文的遊戲規則，循規蹈矩，融融洩洩地玩樂；年齡的差距，形成行動上的鴻溝，也算是「小代溝」。

我因為被父母給枷住，玩耍嬉遊儘量節制，金銀花未採滿一籃，古文未背熟一篇，絕不入夥。美蘭見我一心不能三用，猶疑不敢決，有時還意興闌珊，她看著不忍心，別的不能幫，卻能幫我採金銀花。她知道金銀花是藥，是我父親店裡所需要，花有香氣，淺嚐還有甘甜味，也覺得甚是可愛，就儘量在那蔓生的小灌木中，一叢叢地採摘這種喇叭似的小花。

「阿實！」這天，她突然喊我名字，我不喜歡人家這樣叫，人都被叫拙樸了，所以應答時只在鼻子裡哼哼。

「妳喊我啥事？」接著我沒好眼色地反問她，似乎在那裡表示抗議。

她張開那一抹雨後彩霞般的淡色雙脣，慢條斯理、顧盼凝眸地說：

「金銀花是治啥病的？」

「金銀花是藥，是治百病的！」我應答說。

「這樣有用呀？」她輕啟皓齒，稍帶驚訝。

「當然嘛！」我似懂非懂，老氣橫秋地說：「不然爸爸怎麼天天要我採？」

「它有白的，也有黃的，是怎麼一回事？」她真能問，有打破砂鍋問到底的精神。

「這個你就不懂了！」恰巧被她問對了訣，我頗自豪地說：「先開出來的花是白的，經過兩三天後就變了黃，花開有先有後，所以黃白相間，也所以藥名叫金銀花，它們不是正如黃金配襯白銀嗎？」

「你真好，讀書這樣通，懂得的真是不少咧！」她由衷地稱讚了我，不由我不飄飄欲仙。

「……」我想推辭一番，搜遍枯腸，仍然詞窮，拙嘴笨舌，甚麼話也說不出口。

她眼一亮、胸一挺，兼有女人的豐腴與少女的纖柔，喋喋唼唼說了一大堆話：「喏……喏……你看這些橢圓形小綠葉，好可愛，好強韌……」

「妳不知道，這些橢圓形小葉子，別瞧不起它，它們要強韌地度過秋冬，嚴寒時霜雪也無可奈何它，它不凋不謝，不枯不萎！」我說得口沫四濺，意興遄飛，突然想起金銀花還有它正派學名，也像我的名字一樣，絕不那樣俗氣兼老氣，只是一時想不起，支支吾吾「它……它」地它不出來。

「我知道！」她亢奮地突兀一聲嚷：「忍冬花！」

「忍冬花，就是忍冬花！」雖然被她說中，樂得省事再苦思，但總認為被一個識字不多的人搶了先，很沒面子，心隨之懶洋洋，再也不掏自己的知識寶藏。

附近一棵槭樹，樹身上攀滿了剔透晶瑩的淡紅花，繁茂滋密，葉綠成叢，猛地觸起我興趣，遂從容不迫地指指那棵樹說：

「槭樹身上攀躋著蔓生藤蘿，喧賓奪主，好沒道理！」

「你是說菟絲花呀！它們就是這德性，趨炎附勢！」

我根本不知道這些不起眼的小花，也有花名，而且還十分文雅，而她卻又能說出一番大道理，我真沒趣得無地自容，遂忿忿地說：

「它們犯賤！」

賤字一出口，我扪起嘴，自覺失言，花未曾犯我，我憑什麼咒它。

「你說誰賤？」她往往很敏感，抓住我的辮子似的。

「我說金銀花。」不知怎地，我又推說金銀花上去。

「先前你說它治百病，這回又說它賤，你好矛盾！」她責備了我，我一時語塞，我們之間有一分鐘沉默，山嶽也靜悄悄的，鳥兒得到了機會，牠們嘰嘰喳喳鳴轉不停。

長此沉默，覺得不是辦法，只好無話找話說：

「金銀花並不能治百病，更不能說它是萬靈丹藥，它只是消炎解毒，我爸說它一點也不值錢，常常抓一大把，連秤也不秤，隨便算幾文，那不是很賤嗎？」

「那它為何用處如此廣？」她又深進一層問。

「它沒有多少副作用！」陡地被我記起這一很有見地的學識名詞，總得她思索半天了，我終於扳轉我的頹勢。

果然不出所料，她瞪著疑惑大眼，滾動美麗眼珠，溜轉溜轉地很有趣。這眼眸確有幾分是上帝的傑作，套幾句現成的古文用語：「美目盼兮！巧笑倩兮！」其實我不懂它們究竟怎樣揄揚？只是直覺地認為形容貌美。

我雖然只那麼十歲冒些頭，卻也有生活的多采多姿面，思想成熟得比別人早，學校裡課本不夠滿足，喜歡找閒書來猛啃，生吞活剝，一目十行。聽講書係我唯一娛樂，殿頭謝堯卿先生，前清考秀才敗將，人稱「鬼才」。他每在掌燈時分，撐起一張破爛桌，桌上點盞油燈，一隻生銹的馬口鐵罐，一杯釅釅的濃茶，燈前攤本大傳，驚堂木猛一拍，與古人打交道了。他常常在講書當中，自己插上一些話頭，經過我的統計，最多的就是「具傾國傾城之貌呀！」「女人是禍不是福呀！」「賢若無鹽，唐突西施呀！」要不就是「娶妻當娶陰麗華」！他還解說陰麗華是後漢光武帝之后，憑想像就知道美若天仙，豔如桃李。他這位祖師爺門神，就能長於形容女人，則拙於描摹猛張飛、勇武穆、大膽趙子龍，即屬黃忠老將百步穿楊的能耐，也講不出所以然來。

由於講書先生提前給我審美女人的開竅，使我連帶地想像眼前少女，宜屬陰麗華之姿質與德行，她那位尖嘴猴腮紈袴，應該是匹配不上她的人品的人。

「阿樵，我們玩官兵捉賊。」與我同年都是肖龍的劉光輝找了來，他把我竹籃中金銀花捧捧鬆，蓬蓬的表面上看似有滿籃，然後要求我同他玩。

我誠知道這掩耳盜鈴之舉，遲早要在父母面前穿幫，但禁不起玩的誘惑，就滿口答應下來。

劉光輝家中開麵坊，他每天只用趕一頭老黃牛上山吃草，老黃牛被他餵得壯壯的；他父親只要黃牛推磨有力氣，其他的甚麼都不必管，所以他比我幸運自由一百倍。

這個人在街坊上名氣並不香，有時候會被他父親拿著一根鞭，像趕黃牛似的趕出麵坊，臉上的淚水也只有那頭老黃牛會表示同情。可是我喜歡這個人，當左鄰右舍大家都叫我「阿實」時，獨他叫我「阿樵」，是我正正經經的本名。「實」與「樵」家鄉方言讀音相同，前者第三聲，後者第四聲，僅這麼些許差異，聽起來感受上就迥異其趣。

「妳也應該叫我阿樵。」我朝著美蘭噘一下嘴說：「叫阿樵才教人心頭踏實！」

「那大家都怎樣叫你阿實？」她找到紮實理由。

「嗯！」我嗟歎一聲。「他們都沒有尊重我！」

「阿樵。」她終於試著改口，接著又自我解嘲。「叫習慣啦，改起來很不容易！」

「妳不是叫得很正派嗎？」劉光輝插嘴。

「喂！」突然她欲言又止，白牙咬著指甲，臉兒泛著紅暈，眼珠滴溜滴溜轉。「我也參加你們玩！」

像是拿出十二萬分的勇氣，這要求猶如晴空霹靂，真有點轟得令人不敢相信自己的耳朵。

望著她似水蜜桃的甜臉，胸臆間方寸大亂，此時候呆呆白日，潑頂炙灼；腳下蒹葭蒼蒼，蔓草荒榛滿地。

「你們究竟怎樣啦？」她瞪著大眼，咄咄逼人。

「我以為妳只是說說玩兒？」我帶畏縮的反問。

「我是認真的。」她頗具堅決的說：「都十四歲了，還沒有玩過遊戲！」當然也是一副委屈的面貌。

「那妳當賊！」劉光輝遽下決定，編派了她。

還有幾個小不點兒也聚攏來，被分派成兩組，我與美蘭，以及一個小男孩，成為一組。

「第一次跟你們玩遊戲，就要當女賊，好沒道理！」她發出嬌媚的聲音。

「這是玩，不必認真計較。」我婉言勸慰，自認箇中稱老馬，賣一賣途徑經驗：「妳只要跟著我躲藏，絕對他們抓不到，又不要妳偷雞摸狗，當甚麼女賊！」

她臉急得緋紅，頗感不安，或許她想通了一點，向我低頭默許。

她真的跟得我寸步不離，我們摸進一處蘚苔滿地、芟夷雜草亂陳、而幽深邃遠如地窖的巖洞裡，黑黝黝伸手不見五指，她懼怕了起來，兩手把我臂膀抓得緊緊的，就彷彿已被那些假官兵捉住，動彈不得。

玩要任點性，方具真實感，雖然雙方並未約定輸贏出任何代價，內心總有自我期許，我要贏得對方，所以每當洞口有腳步經過，心就跟著顫跳。尤其是美蘭，她初涉此等遊戲，格外緊張，我們頭靠頭，腮貼著腮，並不感覺朵頤生香，她心頭鹿兒在動，連她那脈搏次數，都能算得出。

「妳不要太過緊張。」我倆俛首帖耳，喁喁而談。

「不能不緊張，被抓住了多難為情，你難道一點也不覺得？」

我雖然有赤裸裸被抓住站在人前的那種窘境，但裝作坦然地說：

「無所謂嘛，輸了再來過。」

「你不知道，我是自作主張第一次玩遊戲，又是單獨跟你一個男孩子，躲在這麼漆黑的山洞裡，如果被他們捉出去，他們會說我們甚麼？不知有多骯髒！」

我大概還未懂她話中的意思，仍然淡漠地說：

「輸了啥關係？下次輪我們當官兵，也把他們捉住，不是全報復回來啦？」

「你……」她正要說甚麼，覺得洞口有腳步聲，正如空谷跫音，令人心跳加劇。接著腳步聲愈來愈近，雜沓地似已進洞來了，這洞沒有第二個出口，我們只有束手就縛！牙關一咬，眼睛一閉，就等他們來捉了。

只覺得雙手被美蘭箍得緊緊的，愈來愈疼痛，心裡也忐忑惴慄個不停，我想喊出，顧忌到因此被假官兵們捉住，只好隱忍，心深處在默禱：

「菩薩庇佑，讓我躲過此劫！」

牙愈咬愈深，都已出血了，鹹鹹的感覺。

突地我整個身體被人抱住了，我想這一下可完蛋了，敗定了！悽愴慘惻，均莫過於此。繼之覺得抱我的不是那些野蠻的假官兵，而是軟綿綿，像黏住我的感覺，我不忍推開她，也不敢大聲喝氣，憋住了呼吸，只讓腳步掃過蓬蒿蔓草的聲音愈來愈近，洞裡實在太黑暗了，看不見有多少人，我仰面唾巖壁，心裡像在嘶喊：「聽天由命！任著吧！」

屏聲息氣了一陣子，可能這堅強的忍耐工夫到家了，我聽見他們開了腔，先是假官兵的首領說：

「這洞這麼黑，他們不敢躲在這裡。」

「他們不躲在這裡？又躲那裡去呢？」接腔的是蔡家那位紈袴，極度震怒的聲音，想像他那張皺皮苦瓜，此刻一定變為豬肝臉。這聲音也像是劈面射來的一陣箭羽，挖我胸膛一併穿戳！突然美蘭抱我的雙手一鬆軟，人險些就要癱瘓倒地。

所幸我反應得快，接住了她的身體，不讓她跌倒落地，後果不只是被雙雙捉住，還可能跌得一身爛泥，碰著虺蜴與蛇蝎甚麼的，會被咬出人命！

「有聲音！」那瘦皮猴說。

「是蛇在草裡爬動！」假官兵的首領說：「快，快，我們出去！」

「捉賊要捉贓，捉姦要捉雙，一個女子怎可以跟一男子躲藏？他倆若被我捉住，休了她，絕不要這賤貨！」那少爺嘀嘀咕咕地跟著大群人出去，不甚甘願似的。

一夥人雜沓的腳步聲愈離愈遠，我一時精神鬆懈，忘了懷中環抱住一個人，雙手一鬆，她又險些跌倒。

「好險！好險！」她似乎不是指跌倒而言，大大地鬆口氣說：「我若被休了，那只有投靠你囉？阿實，不，不，阿樵。」

我雖不能領略她話中全部意思，但覺得被她這麼樣全心信賴，感得驕傲，就拍拍我的小胸脯說：

「千人抬不動一個理字，有我，妳不會吃大虧的！」

確定大夥兒都已走遠了，我倆手攜著手，肩併著肩，儼然一對小情侶，自巖洞深處，慢慢地一步步掃著蔓草，踏實著地上的青苔，走出洞來。

呼吸到洞外涼爽清新的空氣，陽光朗照，白雲悠忽，覺得這世界確是真美。我瞅瞅美蘭，她那一張羞澀而娟秀的臉，漲紅著，也在瞅住我。我一再地欣賞她，她那「長眉彎彎，如遠山含翠」、「橫波流盼，光采溢目」，說書的「鬼才」先生一套美女形容詞，全給我照本宣科地統統搬過來。

簫臺山上所有的路徑，都是被我踏得爛熟，我特地領她走過一座嵌彩色瓷磚的墳墓，告訴她那是我曾祖的，我家在這山上佔好大一塊地，將來祖父、父親一輩，也將在這一帶山坡做墳，去年清明掃墓，我還負責過給山中趕來的孩子們分銅錢，這一份差事在我個人而言，是無上的榮耀，不過我自己有時也到山上來，賺賺這種古俗而趣味的外快錢，人生就好像是演戲，經常要扮演各種不同的角色。

「你們當男人的真好，要文就文，要武就武。」她聽得出了神，下巴頦收得緊緊的，表示出她有多羨慕，多感覺興味。

「也不一定只是男人就有此權利，有好些女孩也一樣在山裡混，在山裡野。」

我誠誠懇懇以告，並不感覺自己有冒犯之處，她卻直愣愣，睜著眼，嘴脣皮顫動，而訕訕地說：

「你，你是說我噢？」

「我好嘴笨！」想不到她有此反應，我連連打自己三嘴巴，引得她噗哧一聲笑，笑聲浪開，山鳴谷應，遐邇可聞。這時候我倆已不知不覺到達原先規定位置，在孩童們的遊戲規則裡，一定要有決勝點，我們的決勝點是一棵大槭樹，那裡正有一個小男孩，就是原先分派與我們同組的那一個，此刻他剪背著雙手，規規矩矩地靠在樹上，直愣愣地一動也不敢動。

「你被綁在這裡啊？」我驚喊。

「是呀！」他苦笑一笑，帶誇張地在蓬草深處吐一口唾沫。「官兵首領是很厲害的角色，無論我躲那裡，都躲不過他的眼力！」

「那個劉光輝，真是個了不起人物！」美蘭也感慨地附和說。我卻不以為然，搖搖頭自豪地說：

「今天他就沒有抓住我！」

我沒有說「我們」，顯然是將勝績歸功我一人，大男人主義在作祟。

站在那裡無所事事時，我望著你、你望著我多不好意思，我就欣賞起滿山的樹。除了那一字兒排開的六楓，像六個巨人挺立著不動，其他的則有矮敦敦像水滸傳裡三寸丁，谷樹皮的武大郎者有之；像那張牙舞爪，一手斧、一手鑿如雷神者有之；像那佝僂其背、跛立箕坐如施不全者有之；像那戟劍森森、威武傲岸如楊戩二郎神者有之；像那柳腰一搦、搖曳生姿如趙飛燕者有之，總之樹的姿態，各有妙處，說也說不盡。

再向遠處看，東象之塔，屹立如恆；城牆垛垛，成葫蘆狀；街道上行人稀少，有一老人自迎恩橋踽踽而行；西象之塔，據前輩們說飛走了，而今代之以一銅鐘、一木架，那裡正掛著三個圓球，是表示敵機空襲警報；港灣裡，有一艘敵艦，機聲隆隆，不知欲往何處？

少頃，有雜沓的腳步聲。

「你要避一避，姓蔡的找你算帳！」小男孩向我努努嘴，雙手仍背著靠在樹上，這孩子也算誠實得可愛。

「我不要避！他找我算甚麼帳？」我倔強地搖搖頭。

「他說你拐他的老婆！」童言無忌，這孩子衝口而出。

美蘭的臉一陣白，嘴唇變青，被我握著的手竟冰涼得令我一震，我鬆開她的手，她站到一旁去。

大夥兒簇擁著蔡某，一步步向我逼進，只見他臉色發青，就像是猴子見到了人，侁侁然撲來，斷斷然尖叫。

「土崽子，別……別走！」他猛喝，帶口吃，掄起了拳頭。

我昂著首，張著眼，等他的拳頭擊落。

緊隨在他後面的假官兵首腦，此時緊繃著臉，瞪著大眼東張西望，像在要找尋誰？

戰爭一觸即發，突見緊跟蔡某後側的大漢，攔在蔡某前面，把他的拳頭按住說：「打一個小孩不算英雄！」

「那……」

「你要先問問美蘭，她躲在那裡？」

我看看蔡某，只見他嘴脣皮顫動，臉還是鐵青，拳頭跟胳臂，像被人放了氣，軟軟的墜下；我瞧瞧美蘭，她潸潸地落淚，見大家都在看她，避到一棵大樹後面去。

「走！」蔡某連正眼也沒有瞧她一下，就吆呼著大夥兒離開，要去那兒，非我們所知。

剩下就是我們小不點，大家都圍攏過來，似乎都忘了，還有一個他們捉到的假強盜，該如何地發落，他仍規規矩矩剪背著雙手，靠在槭樹上。

「你們躲在巖洞裡。」劉光輝咬著我的耳朵說。「那時候俞叔不在，我不能讓他找到你。」

我點頭表示謝意，接著請示他發落那被綁的強盜。

「算了！」他招招手，那小男孩跑過來，不再剪背雙手；美蘭也擦著淚眼，一步步走近。

「我們大家動手，把金銀花採滿一籃。」劉光輝下了一道命令，無人不遵，他是天生的領導才能。

附近金銀花被七手八腳採摘光了，剩下橢圓形的小葉子，它們仍堅強地嶷然屹立在枝頭，它們準備忍受蕭殺的秋天與孤冷的冬天，然後明年陪襯著新開的黃白小花，迎接大地運轉的春日，欣欣向榮。這也教我們一次人生的啟示，堅強地忍耐，只有堅強地忍耐，就會有明年春天再生的希望。

* * *

離家最初幾年，我常常在夢裡回到故鄉，除了親人的歡聚，使我回味；偶爾在夢裡會見美蘭，她總是那一副楚楚可憐的樣子。

有一次，夢境意象非常逼真，記得是她伸出纖瘦的手，撫摸著我粗壯的臂膀，然後那手掌變成一張在秋風中飄蕩的落葉，愈飄愈遠，愈離愈渺，終於不見了蹤影。醒後我莫名其妙地哭了一場，也鏤刻下最深的印象。

時間是會沖淡一切的，美蘭那倩影，已漸在我夢境中模糊而消失。而今我已生兒育女，綠葉成蔭，雖然身體還健壯得很，但兩鬢已斑，臉上皺紋加多，少年情懷，與浪漫的憧憬、男女的幻夢，率皆遠離而去。

今年系我離開故鄉第四十二個年頭，政府於去年歲尾突然宣布開放大陸探親政策，是基於人道意義，同鄉們奔走相告，互通電聞。還鄉在遠離人子而言，確為多年夢幻，今夢幻竟能成真實，只是父母早已等不住，雙雙亡故，家人也多已離散，經聯絡結果，較親的還有二位叔叔、一位姑母、一位姑丈，還有三嬸，無不欷歔而感歎！但人總不能忘懷故鄉，那山水總得依舊，今夏我加入小小十數人的還鄉團。邵康節有一首詩：「當年曾是滄桑客，今日重來白髮翁，今日當年成一世，幾多興替在其中」。詩給我無情的感慨，也給我無窮的希望。

經過香港，輾轉入境，飛機降落在杭州筧橋機場，西湖的美景，立即展現在我眼前，西子似在湖中船上向我招手，淡粧濃抹總相宜；蘇堤、白堤伸長在地平線上，揚起兩道似箭濃眉。大地姣好的面貌，確是夠瞧夠艷羨的，但她只給我一瞬間的誘惑，我心裡還是惦念著故鄉那簡陋的四條舊街、一座東塔，以及群山環繞的一堵城牆。我們迫不及待的在杭州，向鄉人開辦的交通公司，僱了一輛當年美軍遺留下來的中型道奇改良車，我們坐上硬幫幫、涼冰冰的長板凳，向家鄉以每小時八十公里的速度出發了。

一路上顛顛躓躓，屁股都要開裂了！但因有還鄉夢之快將實現，精神支撐力量十分偉大，十二小時的處罰，那只是整個人生的片刻，算不了甚麼！完全給震懾克服住，只是團員中兩位娶自臺灣的女性眷屬，則在叫苦連天。

由於十二小時漫長的路途煎熬，再加以精神過於興奮，到真正愈近鄉愈情怯時，被那夢境中熟識的景致一反射，眼簾像糊上一層膜，啟不開了！

當聽得匡郎一聲撞擊，曳長的一聲煞車，我被驚醒，夕陽反射著，車站人聲嗡動著，大群人以手遮陽，我全認不出來，只是在混雜中你喊他叫，總成一種嘈音，只感得模糊一片。

一到家，訪客盈門，我未遑應接，叔嬸代我張羅。幾天來只見人來人往，寒暄幾句，契闊從何說起？送點小物品，略盡禮數；訪舊半為鬼，不禁欷歔。在酬應上也是各說各話，我是說怎麼過過四十多年，由勤勞節儉而達安康；他們說是怎麼過過冬天的？十年文革摧心拉髓，人性從磨折中醒過來，現在的希望無窮，現代化、全國的統一在招手。

某天，我在弟侄輩年輕人的奔走籌畫下，被簇擁著上簫臺山掃墓，去祭拜我四年前雙雙亡故的父母，以及歷代祖先，墳前是早經年輕人刻意整修拔過草，所以看去是嶄新清爽；整座簫臺山上，斑斑墓塚，草木已無從前多，六楓只剩四楓，倒是很像的大門神，梅溪書院與簫臺寺已燬，倒是西象山的沐簫寺煥然一新，成為觀光宗教處；溪中的泉水沒有從前碧綠澄清，忍冬花偶有所見，卻已無從前漫山遍野之璀璨絢麗，山水亦因年代綿邈，而改了顏彩！

我陡地想起美蘭那個女孩，五十年前那一幕戲，情景彷彿如昨日，急著向年輕人探問，他們只管搖頭，一無是處，難以指望他們說出究竟下落！看來只有向叔姑們探聽，果不出所料，三叔父還有清楚記得蔡家，偌大一家人早已星散，亡的亡、離的離，聽說美蘭那女孩帶著獨生女住東鄉去了，尚還健在人間，待有便人託信探聽真實。

在家鄉住半個月，由於被蚊蟲咬，我病了一場，發高燒三十九度半，我曾經在高燒中夢囈；自稱是元代的外國人馬可孛羅，回到了義大利的水都威尼斯故鄉，我把大量的紅寶石、藍寶石、翡翠玉、紅玉、珍珠、瑪瑙在故鄉的山上散發遠近趕來的小孩子，我要把最好的一串珍珠留給美蘭……

叔嬸聽了我的夢囈，說我這麼老了，還存幻想，真是老天真。

同行者頻頻以電報催促提醒，只剩下最後一天了，我只想再去墳山，給祖先父母再祭拜一次，當我隨著兩位最年輕的堂弟，在那山上繞道經過一個被亂草封鎖的巖洞時，我突兀地又想起了前事，怦然心動，悵觸彌深，魂牽夢縈，竟是此一巖洞，而今可說觸目驚心！

在墳頭上燒香點燭，紙灰紛飛，我好一陣徘徊瞻顧，突然有一老婦，穿著邋邋遢遢，她向我伸出雙手，我以為是乞丐，將身邊所剩的零星人民幣，統統給了她，她卻大擺其頭，半天才訕訕地說：

「你……你是阿實？不，你是阿樵！」

「妳……」我不敢確定她就是說書人描述的美女，但她的眼神告訴我，她確是我夢寐以求的人。

「美蘭，真的是妳？」

我大聲喊叫，引起兩位年輕堂弟的好奇，一齊都望向這老婦人，她似乎不習慣人家這麼看她，急得滿臉通紅，繼之潸潸落淚。

「妳還好嗎？」我明知故問，無話找話。「我曾經夢見過妳，不是這樣子！」

「你夢見過我？」她興奮起來，被眼屎糊住的黑珠子有了活動，似乎那美目又流盼了起來。

「是的，我常常夢見妳。」我多少帶一點善意的謊言，也不怕兩位堂弟的竊笑。

「那就好，我總算沒有白活！」

「為甚麼？」我感到事情的嚴重性。

「我在蔡家圓房後，不久共軍來了，我們只生一女，他又是無一技之長的廢人，後來被送去老遠的地方沒有了音信，我母女倆相依為命活下來，吃盡了人間所有的酸與苦，我之所以有勇氣活著，只希望今生今世見你一面，聽你親口說出你還記得有我這個人……」

她喃喃自語，沒完沒了，我只好截斷了她的話，告訴她一個殘酷的事實：

「您怎知道我還鄉的？我明天就要回臺灣！」

「我不知道你還鄉，我常常在這墳山上走動，誠如你說過：『女孩子也可以在山裡混，在山裡野！』我就是你所說的女孩子……」

「她可能是瘋子！」我一位堂弟輕聲告訴我，但我不以為然，指著一個方向說：

「妳還記得那邊的山洞？」

「記得！」她爽朗地說：「我記得你曾祖彩色瓷磚的舊墳，這裡的一切我都清楚，還有金銀花，它叫忍冬花是吧？」

「……」我想問她曾否見過劉光輝，那個牧牛的假官兵首腦。

＊　＊　＊

探親回來後，我改了一些習慣，讀詩換作讀詞，我認為詩多說理，詞才富情感，我極其欣賞陸放翁一闋「沁園春」：

「……交親散落如雲，又豈料而今餘此身，幸眼明身健，茶甘飯軟，非惟我老，更有人貧，躲盡危機，消殘壯志，短艇歌中閒采蓴……」

一九八八年六月二十七日寫於臺灣新竹

梯的考驗

梯是通路的方式，有樓如無梯，登樓難矣哉！梯對我個人而言，可謂終生考驗。我自呱呱墜地始，就在母親襁褓中爬梯登樓；當我搖搖學步時，先就學會了爬梯。梯確實嚴格地考驗了我一生。我今髮已蒼蒼，視也茫茫，齒牙動搖，但仍須爬四層五十一級階梯，每日平均以五次上下計，要爬二百五十五級，爬後運動量遽增，肺呼吸量擴大，所以沒有重大疾病。

孫子兵法九地篇云：「帥與之期，如登高而去其梯；帥與之深入諸侯之地，而發其機，若驅群羊，驅而往，驅而來，莫知所之……」登高而去其梯，乃破釜沉舟之決心也；住家之必經其梯，乃練金剛不壞之身也。

大陸上我的舊家院，梯是木造直豎式，梯階十一級，狹窄陡峻，從屋頂上掛下一根粗蔴繩，作為扶手。走這種梯，需要謹慎穩健，我記憶裡沒有在這梯階上摔跤，就算是我的考驗及格，詩人華滋華斯說：「兒童乃成人之父」，考驗我童年的能力，就屬是這張梯了。

迄今仍使我懷念舊木梯的，表現在人事上的，恍如隔世；表現在生活歷練的，積健為雄；表現在思想意義的，勇於改進。

話說當年，我開始有了記憶，是國民革命軍北伐，家父抱著一腔熱血去從軍，家母為了家庭的生計，走出深宅大院，在舅公的絲線店裏當店員，為鄉下婦人們配絲線顏色，家母是纏小腳的，小腳女人拋頭露面，在街頭售貨，母親是在吾鄉開風氣之先。

我為了依偎母懷，每天跟隨著在舅公店裏玩，直等到關門打烊，母親才背負我回家。母親有一頭烏溜溜的黑髮，後腦勺盤個髻，髮香使我心安，到家時已甜睡一覺，此時精神突然振奮起來，急急爬上樓梯。

我與家母是住在大宅院的閣樓上，閣樓沒有門，因此喪失了個人隱私，母親請木匠做一個梯蓋，雖不必加鎖，用腦殼子頂開梯蓋，然後身體突顯在樓上，久而久之，練就了我頂上的「鐵頭功」。

這梯之階距大，我爬上爬下已十足十五年之久，不能說是履梯如平地，至少沒有出任何的差錯，再借用一句術語：「輕功」功夫。

七歲那年，我上新式學堂，校園裡有翹翹板與溜滑梯，是我上學校最開心的玩具，可惜都被高年級同學所霸佔，勉強擠進一腳，也總是整治得鼻青臉腫，屁滾尿流！我的「武功」在此處都派不上用場，所以視上學如畏途，經常賴在自家的樓梯頂上，認為只有這裡才安全舒適。

有一次家人實在氣不過我，任我在那樓梯頂頭吵著哭鬧，眼淚把梯板都滴濕透了，還是沒一個人來理我，實在哭得倦極睡著了，彷彿做了一世紀那麼長的一個夢，夢中有高人指點，解我迷津，此後再也不賴學了。

有一年我家的正廳間借給鄰居結婚，我家的木梯正在洞房的窗前，這一下得到絕佳的地理環境，遂約來隔壁的蓮妹與旺弟。通常我們為了看熱鬧，總是跑很遠的路，擠破了頭，像這樣好地利，非要瞧個痛快，我們三人各佔一級階梯，三雙小眼貼在新糊的窗櫺上，窗紙糊得太緊太密，一絲兒罅隙都無，我心中怪怨，動小腦筋，用口水舔濕了手指，鑿一個窗紙孔，三個人恰巧是一直線三個孔，這樣還不知足，大聲嚷叫，唱熟悉的童謠：

「慶輝（是新郎倌的名字）哥，趕牛車，一趕趕到丈人家，丈母問是做甚麼？慶輝哥，笑呵呵！

慶輝哥，趕牛車，一趕趕到丈人家，隔著窗簾看新娘，銀盤大臉長頭髮，月白緞襖紅肚兜！慶輝哥，傻哩瓜！」

可能這吵嚷惹惱了媒人婆，她出來喝斥我們，隔壁姊弟倆溜之大吉；我仗著是這房子的小主人，挺著胸脯，紅著臉面，據理力爭，頓然破壞了喜慶的和諧，被母親拉到閣樓上去教訓了一頓，從此後我才知道收斂。《圍爐夜話》裏說：「教小兒宜嚴，嚴氣足以平躁氣」。不知母親是打哪來的管我原則。

抗日戰爭起的前一年，家父解甲歸里，那時候我家環境尚還勉強，為了拴住家父，把舊屋三間拆了前半，拆舊房子時我是唏噓一陣子的，覺得好玩的都沒有了，那教我練就「鐵頭功」的梯蓋也拆除，一下子赤裸裸亮堂堂，所幸木造舊樓梯得以保存，以此為界，前半幢是新屋，後半幢是舊居。

不數月，新房子落成，變作了二層店面樓房，店面是用以開設中藥舖，由父親主持，拴住了他。我們也堂而皇之住在樓上大間，只是上樓的「路」仍是那張舊梯，我總覺得十分迷惘，人生是只有走過的路才算是路嗎？而迷路亦路，仍得要走的，我一個勁地爬這舊樓梯。

似曾聽過負責蓋我家新房的方老闆說：「這張梯子是楠木做的，經久耐用。」也似曾聽母親說過：「新房子是需要盤梯配合，才顯出新款新式。」

一切出於無奈，因為父親開藥舖需要大招牌，方老闆願贈送大招牌，舊梯只好暫緩更新，我生也晚，不知上代起造舊宅院是何年月，舊梯可以看出歲月的陳跡，換張新盤梯是全家人的奢望，因為隔壁家就是盤梯，寬濶舒暢，不是走的危險路呀！看看人家，就覺得我家的寒酸，這張楠木梯都變成黑瘦枯乾，像個耄耋的老人，有兩階級都缺損了梯板，變成了危梯！

梯板破的是第二級與第八級，第二級裂開了一條縫，第八級是木板的年輪，像螺旋似的，恰巧年輪凹下去了。

我是民國三十八年隨部隊來臺，獨身二十年，然後成家，無殼蝸牛，又暨東搬西遷，臨時都找些便宜的房子，住閣樓頗合我經濟條件，顫巍巍走危梯是我此地一家人的考驗。民國六十年五月，因老同學的關係，我住楊梅鎮永寧新村，獨門獨院雙層家屋，梯在客廳正面，最下面三級九十度轉向。電影銀幕上常有女主角從樓上扶著欄杆娜娜而下，這鏡頭令人非常艷羨，有人認為「牆上、馬上、樓上」的女人最美，是用的仰式欣賞角度，我也以為如此。在這屋裡我生下老二與老三，全是頑皮的男生，磨洗碎石子樓梯是三個男生的「最愛」。有一次，三歲半的老二在哪冰冷堅硬的梯階上滑了下來，滾到轉彎處被牆壁擋住，孩子沒有受傷，嚇得大哭大叫，我們太大意了，沒有教給他們的「憂患意識」。

大前年我還鄉探親，濶別四十餘年的老家常在夢中伴我，也包括那張舊樓梯，回家只見到父母的遺像，到家的第一晚就睡在舊時的樓上，爬的仍然是半世紀前該換新而沒有換新的舊梯，那破缺的第二級與第八級依舊，只是梯更狹窄，更枯瘦了，真像是百多歲的壽星，估計這舊梯當在百年之上。

都當了祖母祖父的蓮妹旺弟，他們聞風而來，雖然他們也老了，爬這張梯仍是當年的神氣，我們相視而笑。梯經得起考驗，我們人呢？也該如此。

一九九一年四月六日寫於臺灣新竹

青青河畔草

我小時候甚麼書都不喜歡讀，唯有「千家詩」琅琅上口。其間杜甫詩句：「兩箇黃鸝鳴翠柳，一行白鷺上青天」，清脆幽美，動感十足，是我的最愛。

多年前臺灣歌壇上有一首流行歌曲：「當我們小的時候」，歌詞的部份是這樣：

當我們小的時候
時常手挽着手
捕魚捉蝦戲水流
摘星攀月登山丘
年華易逝人易老
韶光不常留

……

這歌讓我聽起來，心靈饗宴，迷醉之矣！

離家四十多年了，浙南濱海一小縣城——樂清縣樂成鎮，她是我出生的地方，她的一草一木，都牢牢記志在我心中。只是離家時雙親及唯一的幼妹，至今全已故世，還鄉的悽惊，誠如想像，可是後門那條小河，該會給我些憐憫，對她的回味，使我鼓起勇氣，踏上還鄉探親之路，記得舊詩中的句子：「青青河畔草，鬱鬱園中柳」，草呀！柳呀！正是那條小河所特備的。

打從我有記憶以來，清清楚楚記着小河是伴隨我長大的，沒有長輩告訴我河是甚麼朝代濬開的，也許長輩們都根本不知，以河畔堆疊的甃石查看，可判知必然是年湮代遠，如不以學術觀點而言，讓我這個讀書不求甚解的人，肆無忌憚的假設，可以遠溯至夏禹開的流。

大禹發明溝洫之制，小者為溝，大者為洫，主要都是在排水。我家後門這條小溝渠，橫亘在名為金、銀二大溪之間，是為旱澇能產生緩衝作用，吸收儲蓄水量，俾其下流免於災難。

關於金、銀雙溪，據我嫡親與我童年的表兄，自大陸遠地方寄給我的資料，根據其考據最早編于明代第二位皇帝永樂年間的「永樂樂清縣誌」記載：「東西兩渠，水自縣治後翔雲峯麓發源，南行經按察司右折而西，至縣治前惠政橋，分東西沿大街兩旁而下。舊嘗有禁，不使居民結屋其上，淤塞水道，則流豬其中，非惟清潔，且防火患。上樹冬青樟木，往來之人如行翠幄中。……白沙之田得以灌溉，舟楫可通……」

我家後門這條可愛的小河旁，確確實實是根據縣誌上的記載，栽植着大者如榕樹與樟樹，這河裏也有大小不同種類的魚、蝦、蟹以及河螺等等，垂綸、捕蝦、捉蟹、甚至不需任何技巧的摸河螺，在我年少的心中，確是最「樂」的回味。河兩旁除了嚴酷的寒冬，總是長着生機巴茂的野草花，像菟絲、蔦蘿、牽牛、狗尾、含羞等等，駢枝叠葉，牽藤攀蘿，確是夠茂盛的。其中有一種野草，被鄉人稱為「苧葉」，其葉呈深綠色，每張葉都巴掌般大，葉邊鋸齒狀，葉面毛茸茸，因其枝桿像麻桿，麻的又一名稱為苧，「苧葉」之名，端由此來。

「苧葉」富纖維質，餵食豬仔是不費本錢的價廉物美食料，如稍加些米糠，保證牠們吃得樂陶陶，胖嘟嘟。

採「苧葉」我有過經驗，只要在長竹竿頂端，綁一把或兩把鐮刀，人坐在一條開敞無蓬的小船中，沿着河墻慢慢漂流，手執着竹竿拘「苧葉」，浮泛間不多一會，就裝滿滿一船了，夠那些隻會吃貪飲的懶豬，混好多好多天的呢！

這小河，夏蟬冬雪，杲杲秋陽，總是汩汩水聲伴以鳥語花香，很有大自然的魅力。春天時，常有一對背部灰黃，腹部灰白，尾巴上黑羽毛錦飾的黃鸝兒鳥，雙宿雙飛，偕進偕出，牠們的鳴囀呼叫，婉轉清脆，非常非常的好聽，真是人間天籟，大自然的樂章。

河岸兩旁，家家庭院裏，豆棚瓜架，鷄鳴狗唁。尤其種的柳和桃，桃紅柳綠，飛絮似雪，會將這世界點綴成五彩畫圖，更成色彩的美。

白鷺，是喜歡棲息水邊的飛禽，牠們身著白蓑衣，單腳而獨立，那種雄姿羨煞人，常常在我一推開後門，牠們就振翅逸飛，「一行白鷺上青天」，詩人筆下理想的境界，會不期然被我撞個正著，我之喜歡朗誦「千家詩」由此而來，我更喜歡千家之中的一家杜詩，更是由此而來，這也可算是緣分，讓我這個浪子能有回頭的一線契機。

在臺灣這四十多年來，我在夢寐中以求的，就是找回我那童年的小河畔。這些小小的事，我才陶醉呢！

據告知有一年，我才三歲半，三叔父與鄰居們在小河的石板橋釣魚，鄰居們都大有折獲，我見魚兒在水桶裡胡蹦亂跳，優遊自在，禁不住要抓着他們玩，像那祭灶的糖瓜兒——粘上了。鄰居怕我把魚弄死，吆喝着只許我看不許我動，我委屈得要哭，三叔父哄我釣得魚後給我獨個玩，偏偏他像姜太公離水三寸的釣法，願者上鉤的絕無，我則心急得又哭又鬧，鬧得河裏的魚兒都聽見，知道人類再做圈套誘騙牠們，噗哧一聲齊逃跑了，害得所有垂釣者全釣不到魚！有人怪我太吵太鬧，三叔情急之下，在我屁股上拍了一巴掌，我無人訴苦，只好哭着回家。

又記得有一年，我與鳴育表兄都是五歲四個月，虛歲七歲，祖父找瞎子來算命，表兄是文曲星下凡，將來是狀元郎；我是貪玩頑皮的孫悟空投胎，絕不是讀書材料。祖父偏不信邪，領我倆去文昌廟及各廟求神，至聖先師孔子、關聖帝君、孚佑帝君、司命真君、以及五穀神農大帝；文的武的，生的養的，赦罪黜伏的，種種種種，全顧慮週到，焚香沐浴，三拜九叩，禮儀甚為隆重，老人家才放了心。次日命兩位正是青年的叔叔，一人攜一個，送我們去新學堂上學。只上了一星期，學堂裏的新玩意，諸如拍皮球、踢毽子、打乒乓、滾鐵環，我全玩的十分稱心，就是渾渾噩噩不知讀書冊；表兄與我相反，他甚麼玩意都不喜歡，就知全心閱讀。就在那第一個星期六上午，我玩得汗流浹背，力竭口燥，找不到水喝，就爬在荷花池旁咕嚕咕嚕幾大口，因此招惹了細菌，得急性腸炎，眼看着快要下課了，要堅持忍耐到底，卻不料下課鐘聲一響，黃泥急劇瀉奔，當時就在課堂上現了醜！我人雖小，面子卻大的，從此視上學如畏途，惹惱了老爺爺，軟的不成來硬的，命令兩位年輕力壯的叔叔，一左一右挾着我去上學，我見反抗力有不逮，腦筋動得飛快，聲言這種排場走前面大路太不雅觀，要走後門曲巷避避嫌，兩位叔叔不知是計，因此未加防患，書包交我自己拿着，打開後門即走在石板橋上，猝不防我將書包用力一甩，書冊飄散在河面上，順着浩浩蕩蕩，載浮載沉，兩位大人遭此突來驚人之舉，一時措手不及，承認上了我小人的大當！這小河真是幫了我一個大忙，達到我一生一世賴學的目的。

後來鳴育表兄於北京大學歷史系畢業，現今是寧夏大學「離休」再聘教授，指導幾位研究歷史的學生；我則在抗戰勝利後穿起二尺五，隨軍來臺，過了數十年的軍旅生涯，真像是耍的「猴子」戲。

記得又有一件事，我剛巧滿十歲。那天聖乾大哥與常銀大哥比賽釣「細鱗」，這魚兒皮軟肉嫩，鮮美無比，通常結伴而游，決不單打獨鬥；牠們在水中嘗玩「閃電」遊戲，誘得岸上人不禁駐足而觀；牠們也是逐臭的一羣，只要味兒對了，心甘情願地順鉤而上，決不吝嗇身家性命。兩位大哥正釣得起勁，我與年齡相彷的彩美、彩奐兩兄弟，娟鳳、忠益兩姊弟，粘在他們旁邊無事找事忙，一隻紅蜻蜓停在一張「苧葉」上，彩奐伸手去捉，手抓了空，腳踏不實，整個人像一團球滾入河心，那時正是雨後初霽，河面陡高，驚濤拍岸，所幸他穿的厚重，讓衣裳托住了身體，他心一急，手足亂舞亂抓，聖乾大哥一見情勢不妙，逐和衣跳下水，把這小人兒撈上岸來，魚羣也因此一哄而散，遠奔他處，釣魚大賽變成渾水摸魚。

上舉各人，所幸都還老健，說起此等糗事美事，更覺趣味盎然。只是年已近七旬的常銀大哥，老態龍鍾，因中風歪斜著半邊臉，瞇細著一隻眼，但我一口叫出，感動得他久久握著我的手，淚如泉湧！

又一次朝露在葉脈間閃爍，小河上水光瀲灩，綠水映著青山，這畫圖實在極美。我禁不住誘惑，猛踢開後門，「撲通」一聲，人已跳入水裏，卻未遑顧及趕清晨在埠邊浣衣的對門春英姐。

「你要死啊！」她鼓著腮幫，噘著小嘴。「河水被你弄糊了，怎能洗衣裳！」

「我管妳，誰叫妳要這麼早就來洗衣！」我反唇相稽。

她氣虎虎的立起，手中執著木杵，那神氣就是要打我。

我立在河心像釘的樁，一動不動。

「你快走開，再不走開我打你！」她把那木杵舉得高高的。

她打我，不是造反了嗎？我篤定泰山。因為我有一次在家裡無理取鬧，家人都不理我，恰巧她經過我家門口，站住看我演獨角戲，我拿一個玻璃燈罩，威脅著家人，見她站着，就演真的，正要摔，被她搶去，我逐遷怒她身上，狠狠奪過來，還推了她一把，她踉踉蹌蹌撲向前，幾乎栽跟斗，我順勢將燈罩向她身上摔，玻璃碎粒割破她小腿肚，她按住流血的腿跛跑回家去，連告狀也不敢。

「你打呀！」

腦袋快要撞著她的柔軟部位，她紅著臉用木杵趕開我，我乘勢用力再在水面一擊，濺起水花濕了她一身。那是夏天，她穿的花布衫單薄，粘著晌體，紅肚兜隱隱可見。

她的臉一會兒紅，一會兒白，接著低下頭去繼續揉洗她的衣衫，決心不理睬我，我覺得沒趣，游泳到別處去找螃蟹。

對門大嬸今春秋大壽八十三，我問他春英姐在那裏，她流著眼淚哽咽着說不出話來，想必是若晨星之寥落了！

中國人講究大孝終身慕父母，雖不能相侍左右，晨昏定省，亦得要慎終追遠。想想父母當初之對我無間寒暑，無間日夜，呵護餵養，照顧猶恐不至，爾今我只能從亂草荒徑中尋找。

我雙親的新墳做在蓋竹山，當我雙膝跪下去，好像半身不遂站不起來了，父母溘然長逝，小妹青春早折，父母墳旁小窀穸就是她的，算來比老父老母還早二十年去世！沾雙親的光重新修過墳地，并列一側，我見之淚潸潸下，不敢抬頭，被同來的堂弟婦勉強扶起，只好仰天長嘯！

蓋竹山對面是白沙嶺腳，及濱海一小山，山腳一小村，有幾十戶人家，三十八年前是編為一保，我有好幾位少年同學住這村莊，小時養蠶玩，有幾次缺桑葉，跑到白沙嶺腳同學家採桑葉，所以對那小村莊尚留有深刻印象。我手一指，抓住站在身旁的堂弟問：

「那邊是白沙嶺腳，有沒有變？我想去看看住那邊的同學。」

「你的同學怕是全都這樣！」

他隨便朝一個墳墓呶呶嘴。

「怎能如此！……」

年輕的堂弟打斷我的話說：

「我出生遲，那時實在不懂事，只聽說甚麼『一天等於二十年，十五年超英趕美』，小學生當童謠唸，這些意思你懂不懂？」

「我懂，叫做『大躍進』！」我溜口而出。

「對了，就是『大躍進』，白沙嶺腳餓死九十二人！」

白沙是農田，縣誌上曾提及，白沙人亦漁亦佃，是頗富庶的村莊，竟會餓死人！……

「所以我敢斷定你的同學都這樣了！」堂弟打斷了我的尋思，他把大拇指朝地上一指。

「餓死」一詞常常掛在人們嘴巴上，但餓死事實卻離人們遠遠的，上天有好生之德，人類有求生本能，螢光幕上看到非洲衣索比亞人瀕臨死亡邊緣，說是沒有吃才如此，鏡頭畫面就給以慘絕人寰的感受！不忍卒睹。

夢中白沙嶺腳我那些同學都從墳墓中爬出來了，個個精神抖擻，我想起杜甫《贈衛八處士》詩：「少壯能幾時？鬢髮各已蒼，訪舊半為鬼，驚呼熱中腸……明日隔山岳，世事兩茫茫！」

到家鄉已是第三天了，真的忙得挪不出時間給隔海新竹家裡打個電話，想起我兒在鳳山服役，每凡回部銷假時，總是在高雄火車站打一通長途電話。我教兒子做的，他都能遵守不違，我當老子自己難得出一趟遠門，卻不能以身作則。

電信局櫃檯上承值小姐，不知是不是與男友鬧彆扭？她冷冷地要先收我二分錢，賣給我一張粗紙印的表格填寫，老花眼看陌生鈔票要帶起眼鏡，乾脆掏出一大把任她自己挑選，有一位婦人打電話缺了幾角，我要局裏小姐順便多拿，贏得這位婦人一疊聲道「謝」，鄉音的「謝」字柔柔和和，聽在耳朵裏十分舒暢。

在等電話的空檔時間，與陪來的表弟、堂弟閒談，心裏卻想著家人此刻正聚集客廳看八點檔，笑聲盈屋，電話零一響，必有一人搶接，全家人則屏聲息氣以待的情景。談話確實是打發時間之法，不知不覺已近子夜，新竹的家人想必也去睡了，電話還是接不通，只好作罷！

沒有客人來訪時，我也找空隙在屋子裏東轉西轉，這屋三間兩進，談不上重檐複宇，今也住着七、八家戶，大多數還是我家家族。我最惦念的是從前擺在後廳的大織布機，是上好木材做的，可以織麻布，做麻布袋；可以織棉布，做棉布衣，就是不能織細嫩的夏布。紡織業本來就是中國人最驕傲，西洋有一種棉布，是以「南京布」作代表稱呼，因為這布是從南京出口，各國起而仿製。易繫辭云：「皇帝堯舜，垂衣裳而天下治。」以現代語，即經濟掛帥呀！

我國雖是以農立國，男耕女織，把工分派給女人做，考工記曰：「治絲麻以成之，謂之婦功。」小時候，我曾看見過祖母坐在織布機上，母親這一代，只有大姑媽與母親織過，大姑媽就是嗚育表兄的母親，三位老人家爾今都已不在！小姑媽今也年已七十五，怕是當年未曾摸過，我向她探問，她只說機器還在，就不知塞在何處？她問我尋這幹啥？我無言以對。

這龐然大物，究竟那裏去了呢？我總是不肯放棄尋找，後來被我在豬舍的樑架上找到，以分解成木條，用麻繩綑綁，高高地隱藏；豬舍也荒廢了堆疊着雜物，藏納着蠨蛸蛇虺，密結着蜘蛛網。

後廳門的一根楠木閂，依舊是光溜溜、圓滾滾，掂在手中沉甸甸的，覺得有一種無盡溫馨的回味，這又想到對門春英姐了。

有一夜晚，春英姐拿着光亮亮無燈罩的煤油燈，到我家後門側旁的便所如廁，一陣風把油燈吹熄，她雖然害怕，還是如廁完，我家人不察，見便所沒亮光，以為沒人，就關起門，上了閂，將她關禁在後院很久很久，直待她大聲叫門，聲嘶力竭，才被我聽見，我拔了閂放她進來，她一見是我，一時衝動，緊緊握住我手不放，還口中一疊聲說：

「你真乖，是我寶貝弟弟！」

只差她沒有捧起我臉親吻，這讚語在我幾十年之後再度拿起門閂時，又響起在我耳際，溫馨回味油然重燃在我心中，只是覺得神情有點迷惘，也帶點悽愴。

中國人的家庭確實是重男輕女，那時候我家三房惟我一子，所以祖父溺愛我，八歲就讓我喝酒玩旱煙，祖父經常塞給我兩枚銅板，叫我自己上街買花生或蠶豆，然後在家裡的酒罈舀一杓老酒，任我自斟自酌，儼然小小的酒客。十一歲祖父棄世，我失去憑藉，母親在我十二歲時生下大妹，十五歲時生下小妹，父親多半日子在外經商，母親實難以照顧兩小女孩，總是希望我分分勞，常常把一個妹妹交給我帶，帶妹妹成為我的累贅，玩得不痛快。有一天我抱小妹抱得厭煩了，要交還給母親，母親不接受，我威脅說要把小妹抱到後河丟掉，母親仍不理睬我，我表示說到做到，真的抱小妹到河邊浸泡在水中，那是嚴寒的冬天，河水雖不結冰，卻很冷冽，妹妹的棉衣都被浸濕透了，我才抱進屋去，母親一見此光景，嚇了一大跳，從此不再要我抱小妹妹，既使我很想親她們，也不讓我抱一抱，天下事真的有時很矛盾！

大妹在抗戰勝利的那一年，被霍亂奪走了她六歲的小生命；小妹在父母身旁過了二十年，後來出外當護士，自己管藥自己吃，結束了二十二年的生命！這真叫作家運蹭蹬，雙親膝前虛空，孤孤寂寂的過了二十多年的老人生活！

這一天，我還鄉以來第一次大晴天，天清氣爽，矇朧朗月，原來是中秋呀！我趁着這晚沒有應酬，與叔叔一家人共同賞月，還鄉多日，一因天天落雨，再也就是酬酢連連，則因此未打開後門看看，圓我多年所想的夢，那兩扇破門扉，竟把我的夢隱藏着，這一晚藉著月光，輕輕推開後門，小河呢？我的小河不見了……我茫茫然，真是欲哭無淚！

原以為四十多年的阻隔，人事必無法如舊，小河呢？總不會改變，她卻蛻化了！化為子虛烏有！現在這小河上，被一些無情泥土堵塞着，被一些不會講話的磚牆堆砌住。在磚牆裡面住的人們，好像是來自另外一個世界，他們沒有我們老鄰居們親，大家都不相聞問。

我在不知不覺中，又想起古詩句：「青青河畔草，鬱鬱園中柳」，爾今草呢？也別找尋了，園中柳未開花，開時必鬱鬱。

一九九〇年八月十二日寫於臺灣新竹

從「花港觀魚」到「雷峰塔」

看題目，只是在杭州西湖兜一小圈，其實八天的行程，由北至西、由西至南、由南至東、由東返北，我們是在浙江全省繞了個大圈子。

記得五十七年前，中華民國第一任總統引咎辭職，擔任隨扈的一部分人駐防四明山。筆者隸屬第三隊，駐驛山中剡後鄉的東嶴、東疆二村，某一清晨，突接任務放哨，我被派在兩村之間地圖上找不到的小村落，十幾戶人家都姓陳，姑且名之為「陳家」。陳家山標高數百公尺，村中唯一的一條路直通山巔。我雙手托着湯姆生衝鋒槍，胸前掛著四枚長柄手榴彈，屁股頭吊著擲彈筒，這火力是威猛的；我很像那凶神惡煞，但仍掩不住臉上的稚氣。村人夾道目迎目送，俾我紅著臉自他們的面前怯怯地走過，直驅那山巔。

全神瞭望、守護，忘記了時間與疲勞，待陽光衝上山頂，才憶起收哨及飢餓，我慢慢向山下移動，滿山春草新芽映得大地淡綠暖和，突見一小紅點向山上漸漸靠近，乃是村中一位姑娘，穿紫紅色陰丹士林旗袍，這種打扮是當年最時髦的，她卻挑著兩隻竹筠，前面的空空，放一塊大石頭，後面的是一個大悶碗。她放下擔子，揚手教我停步，她揭開碗蓋，香氣撲鼻，喜洋洋地說：

「吃吃吃，特別為你煮的年糕。」

我饞涎欲滴，因羞澀而顯得猶豫，她見狀頗帶勉強地拉著我的手，遞給我一雙筷，我在半推半就中狼吞虎嚥起來，並且怯怯地說：

「身邊沒有錢，待再發袁大頭時給你一枚。」

「不要！不要！不要！」她連說三個「不要」，臉也脹紅着。這張臉，秀氣中帶強蠻；這個人，熱情中帶火辣！五十七年了，我無時不想着。大陸開放時，我曾二度到四明山旅遊探聽，毫無蛛絲馬跡。我姑妄將這張臉，稱之為浙江鄉下姑娘一張標準的臉，半世紀多了，仍然停留在那樣地年輕，無時或忘。

我們旅遊隊伍相當龐大，成員共是五十七人，由桃園機場經澳門機場直抵杭州蕭山機場，分乘二輛遊覽車，我被分派在B車，導遊小姐姓金，年輕貌美，爽直熱情，她自我介紹：已婚，育有一子五歲。我想著那個鄉下姑娘。

浙江同鄉會的總幹事很年輕、年輕人有衝勁、有創意，但缺乏周詳。首站觀景是西湖的舊「十大」——花港觀魚。是利用下飛機後進飯店之前的匆匆一瞥。若論「觀魚」的首選，應是玉泉，玉泉的魚有一個大人那樣的長度，而且會說話；古時候公冶長懂鳥語，我黃某人則是懂魚語，魚說些什麼話？牠張著嘴巴說：「我餓了！要吃，麵包最喜歡。」

我們住進四星級的杭州百瑞國際飯店。

一九九四年三月三十一日，是大陸觀光旅遊事業最黯淡沉痛的一天，千島湖三數名歹徒，覬覦嫉妒臺灣遊客的錢財囂張狂妄，放火燒掉「海瑞」號遊輪，包括旅客、導遊、地陪共三十二人全給燒死在船上。時間把慘事發生的恐怖沖淡了，加以當地政府的努力，近年這種陰影也消除了。選在離開杭州首站景點，那就是湖中一千零七十八個島中聞名的蛇、鳥二島，午飯是在船上用餐，別具趣味。蛇島上大小不等的蛇，已經與遊客結成朋友；劇毒的眼鏡蛇與表演者共舞，頗具人性化；巨蟒盤頸是涼快的活裝飾，團友們搶著留影作為紀念。為了貪圖船上的香茗，我放棄鳥島的觀賞，不知是得亦是失？

車駛向衢州市，這個地方在對日抗戰時非常著名，有軍用機場，第三戰區司令長官顧祝同上將駐驛於此近八年，他老人家年近期頤逝世於臺中。我向臺辦探聽長官司令部的舊址，一位臺辦說，他就是住在司令部的所在地；爾今這區域都是民宅，司令部連影子都沒有了！他還說，衢州的工商業發展，拿浙江省各縣市來比較，算是落後的。我看市井尚還整齊，高樓矗立天際的不多，「孔氏南宗家廟」是衢州可以驕傲於全國的建築。臺灣各縣市亦有孔廟，但無一可與此處比擬。大陸近年恢復了祭孔的活動並且是以現代方式實施，譬如「獻三牲」改為「獻五穀」；「八佾舞」改為朗誦《論語》，南宗的管理委員會主任孔祥楷，也就等於中華民國的祭孔官孔德成先生。

衢州近郊有座名為「爛柯山」者，乃是一則神話，為求證我們爬了爛柯山，神話是說一位年輕樵夫，停止工作看兩位仙人下棋，棋局告終，他用以砍材的工具已鏽爛，世間已是數千年。

第二個夜晚，我們宿衢州飯店，我忽然想起一首歌：「我來了，來也匆匆，好像春日風……」適巧溫家寶總理訪問非洲時，說了這麼一段感性的話：「我來了，山一程，水一程，花團錦繡，旗飛鼓鳴……」不謀而合呢！龍游縣的石窟是一個謎，它究竟是天然的抑人工的？看岩壁斧鑿斑斑，這工程應是萬分艱難。

第三個夜晚住金華國貿飯店，這一天遊了永康的「方岩」。再一天，我們住麗水市的現代飯店，遊縉雲的「仙都風景區」，仙都仙都，仙人之都也，並排矗立的五高峰，第二高峰上人影綽綽，想必自有人住，問地陪，她賣關子，要大家猜他們如何上去？有三種方式：第一種爬山，曾有外國爬山專家來此比賽；第二種是用直升飛機降落；第三種要遊客猜，是個謎，謎底稍後揭曉。我們循著一處處的建設，轉到峰側去了，赫然發現空中纜車，成雙成對地冉冉移動，謎底自破。回程坐竹筏，我雖年近八旬，毫不畏怯，捷足先登，溯溪而出，突聞後面竹筏一女高音歌唱，歌聲清脆，山鳴谷應，特別優美。

車向東行於金溫高速公路，與金溫鐵道並排，要穿過數十個隧道，每個隧道都有名有姓，同伴們都夢周公，唯我獨醒記隧道名，記了幾次不記了。

路程未經測試，到永嘉已過午，此地臺辦在急盼，就地草草午餐後參觀永嘉縣保有的古村落，再入楠溪江。我仍然是搶先上竹筏，這竹筏上只坐三人，我們數十人成為萬船齊發，看船夫逆流拚鬥那樣費力辛苦，心中自屬不忍，說溫州人是全國最有錢的，錢就是這樣辛苦賺的，大家看得見。我們的竹筏曾被飆車族夾擊，船老大痛罵，那些「少爺們」坐在車上悶聲不響，看來這些人沒有臺灣的飆車族囂張。離開時碼頭上正有多對新人拍婚紗照，我趁機偷攝一幀。

今夜住溫州奧林匹克大飯店，在二度經過烏牛「甌江大橋」時，那位矗立橋頭的塑像，讓我絞盡腦汁才想起是大詩人謝靈運。這位跨足晉、宋兩代的山水詩人，公元四二二年來到溫州當太守，似乎大材小用，鬱鬱不得志，以遊山玩水自娛自勵，寫詩明志，寫得最好最膾炙人口的兩句詩：「池塘生春草，園柳變鳴禽。」用現代語講，是最暢銷的詩句。可惜這位遭同朝參官參奏，被處決死刑，但後人仍然紀念他而塑像於大橋，永遠為甌江的水神。

在我們驅車去吃晚餐前，特地撥出半小時讓大家逛逛溫洲古老及嶄新的鬧區。記得民國三十五年初冬，我們從溫州鄉下各縣市集中公園路一號待命赴南京入伍的那一陣日子，只要有空就會到「五馬街」看看「博甌」大百貨及「許雲章」綢緞莊，我們雖沒有錢購買首飾及

綢緞，把鄉下的姐妹改裝成「花蝴蝶」（琦君語），但五馬街的熱鬧景象，仍然數十年不能忘懷。多年前舊地重遊，五馬街被其他新街道摔在後了，顯見落寞。現五馬街換了新貌，街口五匹銅馬奔騰英姿，市肆燈彩耀目，而且市政當局規劃為「寧靜區」，無被市虎所咬的顧慮，行人如織，商店如林。附近巴黎「凱旋門」式的住宅高樓，相得益彰，襯配成溫州希望城市的新面貌。

街上的行人，熙來攘往，像穿梭樣。也許是雁蕩山的山水養容，小姐們皮膚白皙皙，臉頰紅樸樸，我仍在幻想，不知這裡的「許雲章」，當年是怎麼推廣陰丹士林布，那個四明山裡的姑娘，若生在今天，一定是花不溜丟的「花蝴蝶」。

溫州是浙江的東南角，要北上返杭。首先要經過爾今全世界第二長的「溫州大橋」，這橋分三段，全長八千二百公尺，屬於樂清境內的北橋，其結構為豎琴式、雙索雙塔斜拉彩色美麗。樂清是我的家鄉，車過處，著名市鎮如：北白象、柳市、樂成、虹橋都一閃而過，我也像夏禹治水，過家門而不入。車在清江休息站停靠，友伴們紛紛下車。迎頭一看，山巒重重，雁蕩山在望，惜此行可望不可即，一過了清江，就是臺州市境地，這裡有道道地地的浙江鄉下姑娘，挑著一擔擔著名的「黃岩橘」，因未到完全成熟期，這橘子圓圓扁扁，青青綠綠，卻未能黃澄澄地呈現在大家面前，我還在妄想，這些挑擔之女，有否我夢中的「陳家」少女？

溫嶺境內的「長嶼洞天」是另一處的人間仙境，洞頂「觀音壁」以人工雕鑿出觀音菩薩十相，今已完成五巨像，栩栩如生，慈顏善目，每一尊都是不同的雕鑿名家，出金錢贊助者反成配角，此表示對藝術家的尊重猶勝於慈善家。洞中的古音樂表演，餘音嫋嫋，令人迴腸盪氣，不知長年生活在洞中年輕音樂家，是否食人間煙火？

再北行，晚宿天臺赤城賓館。天臺是山城，但是現今市區十分繁榮。已是此行第六個宿處，接近尾聲，六個夜晚與我同宿一室的章思泉將軍，他是三門縣人，他的親屬自三門趕來相會，我的小妹二十二歲在三門醫院服務，由於婚姻問題在醫院裡仰藥自殺，我想打聽打聽，因年代過久，諱莫如深；天臺國清寺是佛教聖地，家嚴家慈在一九八四年曾捐香油錢住宿一宵，惜今日國清寺山嶺修築，車不能行，我們的住處是山腳下，夜涼如水，夜黑如幕，仰望亦不可得，寒山、拾得、濟公，都只是心存慕念而已。

早起飯後，立即參觀天臺縣城內之濟公故居，想像裡濟公是瘋和尚、乞丐僧，瘋瘋癲癲、邋邋遢遢，哪知道他是皇親國戚，祖祖輩輩很多是公侯將相，濟公的瘋癲卻是小說家的誇大。

下午去臨海，此地的臺辦把我們引到「長城」，正對面是「東湖」；此長城非北京長城，此東湖非杭州西湖；長城可說是戚繼光將軍剿倭寇的古戰場，城樓高達一百九十八階級，而且級距甚大，仰望矗於天！

回到杭州，仍住百瑞國際飯店，好像是打勝仗歸來，飯店的服務人員望著我們笑。翌日上午遊雷峰塔，這塔名雖古，外型也是古，可是塔裡是全新全現代化，有旋轉梯達三層，再以升降梯接力到頂。住在塔裡應該是清涼、寧靜、寬敞、舒暢，如果是這樣，白娘娘也不用與法海和尚鬥法了。

午飯後我「跳機」，獨自乘高速路的公交車回家鄉，杭州與樂清是專線直達，只有樂清境內的虹橋、樂成、柳市三個站，我在樂成下車，正好萬家燈火。

二〇〇六年十一月十二日寫於臺灣新竹

我看「杜蘭朵」

義大利劇作家普契尼，以中國宮廷為背景，編著了「杜蘭朵」歌劇。普契尼允是著名的作曲家，他是十九世紀的人，他以我國清朝的專制政體當作傳奇一樣地編著這個歌劇，其排場當非尋常等閒視之。歌劇就是要有排場，加以美妙之舞蹈，優美之歌唱，三管齊下，方能奏功。清廷權勢，優閒生活，恰巧是歌劇基本條件的題材，就這樣子「杜蘭朵」一劇，名揚宇宙。

中國，也因清朝的積弱不振，無力阻擋諷刺，就讓西洋各國，當作笑話一樣的傳承娛樂。二〇〇八年，西班牙瓦倫西亞歌劇院，亦就是蘇菲亞皇后藝術宮，首次以「杜蘭朵」歌劇的演出，作為慶祝「杜蘭朵」一劇的作曲者普契尼一百五十歲冥誕的紀念，而且編導，則由中國人擔綱，這個人比著名的大導演張藝謀出道得還早些，大名陳凱歌；音樂指揮，則由世稱「魔棒」的祖賓・梅塔擔任。這偉大的組合，當然是大轟動。蘇菲亞皇后藝術宮則以此為榮，中國人導演，則能以西班牙瓦倫西亞歌劇院作為場地演出，也是值得驕傲的。其實，中國另一位大導演張藝謀，他雖然比陳凱歌出道遲；但其成就更在陳凱歌之上。他早在一九九八年，曾與義大利佛羅倫斯五月音樂節合作，在我國的國土上，或者說更適合的場地——紫禁城太廟演出他所版的「杜蘭朵」歌劇，這個版本爾今稱作「鳥巢版」，那時候的音樂指揮，也是「魔棒」祖賓·梅塔同一人。這一前一後相隔十年的大轟動，顯然是我國民間的「唱對臺」。好啊！有福的是觀眾。

記得我在年少十四、五，也曾迷過戲，在家鄉樂清縣城，城隍廟或火神廟偶有唱對臺，家鄉唱對臺，都是頂尖戲班，非「大三慶」與「大高陞」莫屬，唱對臺也不是每個寺廟都可以勝任的場地，樂清縣城也只有以上二廟可以擔待，臺要一拆為二，像那「白龍廟」、「三港廟」、「市頭廟」……怎能拆？一拆變作小人兒的戲臺了！

記得是民國二十幾年的事，城隍廟「大三慶」與「大高陞」唱對臺，一連貼出兩個月的戲碼，兩戲班都卯足了勁，傾囊而出，定然比出個高低！撇開京劇四大唱腔的架勢：弋陽、崑山、梆子、皮黃，以及那文武場動聽音樂而言，觀眾確實是享盡了耳福與眼福，三慶的當家花旦小仙芝，我也曾迷戀個短暫日子，她與當家丑角小長華，搭配合演「小放牛」的其中一貼，飾演城市少女的小仙芝，她之舉手投足，都是舞蹈，婀娜多姿，風靡了臺下的觀眾。由於唱對臺都是以生、旦主角擔綱，全是在做工、唱工上別苗頭。貼出的戲碼：九更天、借東風、追韓信、四進士、打嚴嵩、八義圖、問樵鬧府等為多，一演再演，不憚其繁。武生戲像著名的林沖夜奔、花蝴蝶、戰馬超、白水灘等確是少見。可見因戲臺的侷限之故。唱對臺以愛好藝術者而言，就是一劑最優營養品，一輩子消化不完！

今年三月，張藝謀的「鳥巢版」杜蘭朵，在臺中的「洲際棒球場」演出，萬頭鑽動，一票難求。臺灣人也不是省油的燈，看戲的門道是夠的，我寫「我看『杜蘭朵』」，並非附庸風雅，既不是張藝謀版，也不是陳凱歌版，當然不是義大利原著，竟是大家意料所不及的河南梆子戲，河南梆子係屬於京劇四大唱腔之一，可與崑劇分庭抗禮，但是要演「杜蘭朵」，似乎是小人兒唱黑臉，差那麼一點架式。

我住在新竹，新竹也只有清華大學大禮堂可以擔當，演出的日子是二月十九日，新竹市民還正在過舊曆年，那天下大雨，為了省錢，我與兒子，撐雨傘走一段路再搭公車，觀眾絡繹於途者不多。稀稀落落一群人，我與兒子揀坐第三排，我對兒子說：「這是最佳位置，第一排坐貴賓，第二排要有與貴賓打招呼的能耐，第三排完全不用管這些，所以是最佳位置。」兒子聽進去，這是他已是中年的第一次受教。我捏著褲腳，褲腳被雨打溼，心中一涼，但鑼鼓一響，熱情激起，完全忘了褲腳濕！

大雨澆不熄熱情，我全神貫注在臺上，中場休息時，老人必須上廁所，兒子在廁門外等候著我，這是他的孝心。今年一月三日，父子倆出門逛街，他的手機響，同學約他去晚餐，他撇下我後，誰知我踽踽行走，險些被車撞倒，他因此警惕，所以寸步不離。

有人說：「免費看戲，一定沒有好戲。」這話過分，飾杜蘭朵的主角蕭揚玲，飾無名氏的劉建華，男女頂尖角色，並不因免費演出而不賣力。另一女主角飾柳兒的謝文琪，更是卯足了勁，不愧是王海玲的高足、傳人。這裡要說說劇情：杜蘭朵是國王的公主，貌美才高，傾心者眾，她卻看不起男人，都是一種「饞相」。但是她已是適婚年齡，不能不嫁，於是設計出苛刻條件，要通過文武雙關，否則斬首，換句話說，求偶者必須拿性命來賭博，是一場豪賭，已有求偶揭榜者眾，都未過關，囚禁死牢，待機處決。隱居孤島的「無名氏」，見過「燒火了環」柳兒帶回的杜蘭朵畫像，立即心馳神往，決心趕赴京都揭榜應考。柳兒不願見其赴死，待無名氏欲揚帆出發，死命緊握纜繩阻擋，雙手勒破染血，無名氏仍執意要去，柳兒無可奈何，徒留悲傷。無名氏文武雙關不是難題。這時候杜蘭朵卻耍賴，要另出題，無名氏主動提出，若是杜蘭朵能猜出他真名，可以通融，杜蘭朵耍陰謀，綁著柳兒吐實，柳兒雖是下等人，但不願賣主，寧以死報主，趁杜蘭朵不防，拔其頭髮上之簪自殺，這是張藝謀版，義大利歌劇是用絲巾，河南梆子是與陳凱歌版相同，是拔士兵的短劍。

中國戲劇有一特點，必須是忠孝節義，「杜蘭朵」歌劇確能符合此條件，結局是無名氏感於柳兒的忠心義勇，也厭惡公主之霸凌勢力，寧可逃走，不願娶公主；公主亦知悔改，再不以勢欺人。這個故事重點在柳兒。

臺灣豫劇團這個角兒是謝文琪，京劇有個不成文的規矩，凡主角必穿新衣，即使主角是乞丐，也是穿青緞簇新服飾，但王海玲打破此規，柳兒從出場到終場，都是舊短衫，合於她的「燒火丫環」的身分，謝文琪因此放開身手表演，無論是拉纜繩，地上打滾，都可以無牽無掛，這或許也是導演的改進。

《杜蘭朵公主》雖是義大利劇作家普契尼的作品，想必也不會離此宗旨。劇中的「謎底」是希望、熱情、愛，都能符合國人的意願。此劇演出已八十多年，至今仍盛況不衰，他不知已感動了多少人，戲劇劇情在人心中的地位，往往是堅固不破，有人可以忘了自身尷尬的遭遇，則不易忘了看過戲劇中的尷尬情景，所以人們認為藝術的心靈是偉大的。藝術家將人性的共通點，提煉出藝術的偉大作品，然後展現在世人面前，這個貢獻就值得珍惜與喝采，時歷愈久，年代愈深，這個人類共同的資產愈固。所以「杜蘭朵」是不朽的。

二〇一〇年五月一日寫於臺灣新竹

輯三　生存篇

還鄉無夢

探親還鄉之旅，既有大量的刺激，又具滿懷的酸甜；背負著沉重的行囊，夾帶了如許的好奇，過去四十二個寒暑，漫長的歲月，都只是像雲煙般悄悄溜走，人事由弱冠變白髮，一生的精華都是與父母分離中，今生今世，能再見到親人一面，縱不是緣木求魚，也屬戲劇化的夢魘！

那一天，日曆撕掉九月十六日薄薄的一頁紙，我趁著亮麗的陽光，肩掛著手提著偌大的行囊，迂緩路途；中正機場敞開了胸襟容納我。四十年來我未曾踏出國門一步，此刻雖懷著出國護照，潛意識裡只是在國內旅行，臺灣屬我的國土，香港也屬我的國土，那個久久蒙塵了的古老地方，更是屬我心靈縈迴，歷久不歇的思念土地！我此次只是在我的國土上，有一段稍長行程的旅程，那也是我少小離家時一個宏願，一個少年人單純出家門的初衷，我要遊遍三山五嶽，我要踐履五湖四海！

華航八二七班機拉升騰空，人被懸在空中，心也吊在空中，只覺模糊漆黑一片，伴隨著我們的是那一盞機翼燈，猶如航海者看見了燈塔，稍稍心安。七十分鐘後，飛機降落在香港啟德機場，踏實了這也屬國土的一方厚土。同行中有負著如牛體積的行囊，傴僂著攜上攜下，汗流浹背。尋得九龍旺角的花園街落了榻後，已是力竭聲嘶，精神虛脫，但還留存著殘餘的振奮，第一通隔海電話，向家人竹報平安，然後與同宗黃某共臥一室，鼾聲立即此起彼應，甜睡一宵。

管子云：「政之所興，在順民心；政之所廢，在逆民心。民惡憂勞，我佚樂之；民惡貧賤，我富貴之；民惡危墜，我存安之；民惡滅絕，我生育之」。既然海峽兩岸之民，都爭相希望國家能早日統一，政府就有責任統一之，只是這統一要建立在三民主義的基礎上，亦就是使民能樂、富、存、生，我夢著故鄉的樂、富、存、生，是以使者傳福音。

翌日在九龍街上團團轉，彌敦道、旺角車站、中僑國貨、百老匯電影院、亞皆老街、花園街，然後迴轉我們住宿的仁康大廈，也懷著一紙三大件的提貨單，行囊更增加了幾許重量，簡直成為「大笨牛」！

十九日的中午二時，又經過一陣緊張忙碌之後，我們登上「中國航空」的五〇二班機，同行中有人行李過於笨重，被追繳港幣三百、五百、甚至上千元，心中頗不是滋味，認為非待客之道，責有煩言，誚讓不已。我的座位是二三B，緊鄰係一位香港客，他見我時時向窗口望，乾脆成全我，與我換位，讓我依靠機窗；隔鄰為丹麥老人，大把年紀，單獨旅遊大陸，此種勇氣值得敬佩。飛機在雲層之上嘶聲吶喊，雲層下有時露出大陸河山的一角，我終於看到了，那方方整整，蔥綠豔黃的一塊塊土地，真好真美！就這樣若隱若現地掠過廣東，掠過福建，掠過浙江，於午後三時抵達了上海的虹橋機場。

離鄉足足四十二載，常常作著還鄉的夢，夢就要兌現了，心理上反是一種壓力，這應是一個受盡折磨與苦難的天涯遊子，他含著欣喜若狂的眼淚，正要撲向慈親的懷抱，卻發現嚴慈都已不在人間，撲的是一個空，人生悽慘，莫過於此！虹橋機場出口處，萬頭鑽動，有的展著寫好親友名字的布幔，忐忑著一顆期待的心，望著我們這一群歸來的探親人，卻偏偏我們被留難在海關，原因是我們帶了免稅的三大件，機車一項則要另繳「賣路錢」，一時之間美金換外匯券，外匯券換提貨單，忙得暈頭轉向，既混亂又煩躁，既焦急又恐慌，無緣無故的又想起了臺灣，總覺得那地方才是溫馨的，那條條道路都是通行無阻的。

我的行李較輕，行有餘力，就幫著同行朋友推那笨牛，在出口處被多雙期盼的眼睛掃瞄著，一時間感覺手足無措，推車的技術變笨拙了，東碰西撞，總是走不安穩，卻引起迎親的一群人哄笑。踏進大陸大門的第一步，所得到的竟是如此的一種禮遇場面，則是探親之旅始料所不及的。

不過，有了笑臉，心理上的負擔變輕鬆，誰說大陸人們都是愁眉苦臉？我們的領隊先生拿臺灣的自動電話標準找打電話，遇到的不是意見箱，就是電開關，或者根本甚麼也不是，只是一隻空箱子擺在那裡！難怪一小時過去了，還是不得要領。我一眼看到有個服務臺，坐著一位小伙子，走進去先喊「同志」，再拉「自家人」交情，果然上海閑話一溝通，都代辦了，也換得對方「國際飯店」的一陣官腔，說是已派車接我們，卻什麼也沒有！話是火辣辣的，車卻照派不誤，算是沒有讓我們落難機場！

「國際」與「華僑」飯店，是座落在上海全市最熱鬧區域，那裡「西藏路」不遠的一段「南京東路」，行人擁擠，肩磨踵接；如遇星期假日，人挨著人，雙足不著地也會被推著前進。商店是以售衣服、食物、日用品為多，其中「第一百貨商店」，據統計每日出入約三十萬人次，其次靜安寺附近的一段「南京西路」、「淮海路」等處，都是行人如織，人們大多數穿藍色中山裝或列寧裝，難怪外國人稱之如一群藍螞蟻。不過今日藍螞蟻之中，也點綴著少數穿紅著綠的年輕人。我們在「國際飯店」門口一下車，就遇上一中年婦人兜售玉蘭花，被纏不過，又缺人民幣零用小票，給她五角港幣，歡天喜地而去。

「國際」飯店的派頭可不小，服務人員個個大紅色制服，挺挺的一個個都呆若木雞，莊嚴威武已足，親切服務則不夠。不過不妨事，我們推我們的「笨牛」，他們擺他們的架勢，倒也橋歸橋，路歸路，井水不犯河水，各自相安無事。安頓好床鋪位置之後，仰在床上伸大腿吐大氣，一路上所有的辛勞與挫折，卻被一個還鄉的美夢所憧憬，陶醉著呢！洗一個熱水澡，解一次抽水馬桶的便，人頓時輕鬆愉快，飄浮飛舞起來。

大陸不作興給小費，認為那是「貪污」，不敢收，但是送送小禮物是人人所歡喜的，行囊中偷藏著不少的「廉價」打火機，在上海一地就「推銷」出去大半。看來今後是要節省著送。據說大陸上火柴很缺乏，有錢也買不到，這事在我回程經過杭州時，因菸癮上來，缺乏火，跑了幾家雜貨舖都不得要領，後來在西湖岸邊買一隻不太便宜的打火機了事，也難怪我們坐在湖濱的坐椅上，常常有人來湊火。

由上海返家鄉，是我們此趟還鄉的路程，旱路有汽車，水路有輪船，獨缺空中的飛機，聽說溫州已在造飛機場，那是以後的事，此趟是「遠水救不了近火」，於是我們在「海」「陸」兩者之間找道路，以民主表決方式，已有兩票贊成陸路，一票堅決海道，再找我加投一票，仍是陸路，三比一允是陸路無疑，偏偏那反對的一票有複決權，結果我們四個人是買了「喜鵲」輪的三等艙票。不知那「喜鵲」是多大的喜鵲？反正票買好了，也就吃了定心丸，就在飯店附近找到電信局，打一通電報回家，好叫家裡人到溫州輪船碼頭接我們，以免回鄉不知鄉間路，摸不著「家門」呢！

買一張印有方方格格的電報紙，也要二分「人民幣」，身邊實在沒有零票，只有五十元的大鈔，猶豫著不敢拿出來，局員還算通融，著我們寫好字一起算，總數亦不過二元餘，偏

偏我們四個人經濟是各自獨立的，大家都只有五十元的大鈔，每人手裡拿一張，局員冒火了，大聲地說：「你們是臺灣來的！錢太多是嘛？」頗有酸葡萄的作用。我們只好解釋，我們雖然都來自臺灣還鄉探親，但彼此並不認識，算是解了圍，大家都獲得有零用票，以便化用。

我們總覺得，舉凡人際關係之發生，無論是什麼事？只要你開口，總是得不著要領，問那些服務人員，往往也只是問一答一，多一句話都沒有，偏偏我們在臺灣養成打破沙鍋問到底習慣，那就不能不遭白眼了！這事威脅著我們，竟爾在飯店大餐廳裡吃早餐，叫了幾個肉包子之後，再叫牛奶，女服務員回說沒有，我們噤若寒蟬，乖乖地乾吞肉包子算了，在那樣豪華的餐廳裡，臺灣佬竟如此寒傖。

二十日中午將行李運到輪船碼頭，因為開船在下午六時，只用寄存大件的，小件的就手提肩掛的隨身攜帶，那裡的人又多又雜，吵架、打架稀鬆平常，人們席地而坐，像似難民，又不是難民，有的身邊掛著大串鑰匙，還帶有小刀，這小刀公開掛在衣外，未免令人驚嚇，我們在那樣的環境裡轉了幾圈，想找個歇腳的地方而不著，突然發現「山東水餃」四個紅色歪歪斜斜的字，大喜過望，此時早已飢腸轆轆，亟需數十個水餃填塞，於是擠進去找空座位放行李，叫一百個水餃。

老闆娘道道地地是山東人，他不乾脆應聲好，卻走過來說：「俺這裡是論斤的，同志要幾斤？有沒有糧票？」

水餃論斤，心裡沒有個底！要糧票，更是摸不著邊！乾脆直說：

「我們是剛從臺灣來的，什麼也不懂，老闆娘就看著辦吧！」

「那就兩斤吧！一百二十個，夠嗎？」

「夠，夠，夠，夠極了！」我溜口而出，雖然此時已餓得發慌，因為已聞得水餃味，也就不怎麼著急！聽任擺佈，由其調遣，一問價錢，總共六元「人民幣」，我們打心窩裡笑出聲音來，我們走進「白吃」的世界。那知水餃一上桌，我們饑不擇食的吃了兩個，水餃裡面像是裝了什麼惡作劇，吃得我們呲牙咧嘴，難以下嚥，若不是肚內實在空空，若不是旁邊幾張桌子上的眼光都朝向我們，若不是上午在電報局裡碰了硬釘子，我們早已放下筷子，付錢走路了！

嘗試著在吞下幾個之後，趁著店裡人少時，我們付錢離開，老闆娘要倒給我們剩下的，只好推說沒有盛器而逃跑開那破紀錄的地方。

我們肩掛手提著行李包包，轉了幾圈的馬路，覺得自個兒像是來到煉獄裡，又是誰要我們如此磨練的呢？竟也想不通！坐在路旁的「閒人」們，他們都以好奇的眼光跟著我們轉，在它們心裡一定如此想：「這一群傻瓜，放著有福不會享，背著沉重的行李兜圈圈！」我們自己心裡在怨：「穿西裝革履幹麻？像他們席地一坐多痛快！」聽說這些地方，專門有一些瞧著外國來的僑胞，臺灣來的臺胞，來搭訕調換黑市美金，如遇上客人也是「黑良心」，實行黑吃黑遊戲，拿得了美金趁你在數「人民幣」時，來個警察抓人的小玩意。我們竟遇不著這些人，否則也好向他們打聽打聽這附近可有茶樓酒肆？卡拉ＯＫ？讓我們的腿好有去處擱下來。

「人民旅社」掛著歪歪斜斜的招牌，有戴紅星帽掛紅布條的人進進出出，先則到抽一口冷氣，繼則露出一線生機，何不試試運氣，他們敢拿我怎樣？於是踏進門去，迎面一聲軟語哦噥：「儂個人也是住店的？」

「住店！」想起梁山泊朱貴開的黑店，不禁打了一個寒顫。繼之推著笑臉央求著問：

「阿拉想休息一會！有什麼地方坐坐看電視的沒有？」

「有是有，七個洋錢住一夜，隨便儂看到啥辰光？」

「一夜！」我們何用一夜？日落時就要上那「喜鵲」的肚裡去。這地方也真是的，不要住夜硬要人住夜，明明敲竹槓！「七個洋錢」總是「人民幣」吧？便宜的吶！於是填了表，住下來，被一個年輕的姑娘領到房間哩，那裡是一個大統舖，數數床位十六張，每張床上舖著草蓆子，有幾個穿藍制服的年輕人已佔了幾床，剩下的由我們揀，把行李隨便放在一張床上，我們四個人安心躺下來，只是不想睡著，電視正開著，漢城奧運大陸的女籃隊痛宰歐洲女黑人，秋風掃落葉，那幾個穿藍制服的年輕人欣喜若狂，我們也跟著莫名奇妙地興奮得睡不著覺，索性找人聊天，一個年紀跟我們差不多的工人模樣的老人，他打料著我們來自臺灣，話題就扯開了，原來他三十八年曾經打金門，已經坐上機帆船，準備做一波的攻擊時，卻突來一個命令返回廈門，保住了他一條命，否則怎會今天我們面對面談話？說不定被我的馬克沁機槍掃落海去。化敵為友，我們談得熱絡，我們互送禮物，他送我的是一兩裝杭州龍井茶葉，我送他的是一件在香港九龍夜市買的便宜港衫。

「喜鵲」是不小的喜鵲，容納上千的乘客，船艙裡的一日夜，倦困侷促，飢寒交迫，廿一日的陽光剛自海的水平面上鑽出個圓圓的邊，輪船上的擴大器即停止了臺灣流行歌曲的播報；這一兩天，我自進入大陸以來，總是聽到「白蘭香」、「小城的故事」、「長相憶」、「我和你」等等臺灣所流行的老歌曲，幾乎忘記自個已踏進另一世界，此時突然停止，又突然女高音的吶喊，覺得頗為刺激耳膜。

「各位同志，各位同志！天已經亮了，船上為大家準備了早餐，有蛋炒飯，有……」

我一聽蛋炒飯，下面的就沒有聽，拉著老朱就去買飯吃，先購買飯票，一元人民幣，換得一碗飯，一碗湯，飯是直接用碗刮的，所以碗邊也沾著飯，湯是用杓子盛的，浮著兩片酸菜葉，使我明白是酸菜湯無疑。無獨有偶，前面已經說過在上海吃水餃破紀錄，這碗蛋炒飯也是破紀錄，我倆把脖子無論伸得有多長，都無法下嚥，飯裡有幾粒蛋星，就像我們領公家配給米粒的黃色營養米，根本沒有油，如果把蛋炒飯改做油炒飯，也許好吃些，偏偏這蛋炒飯如此名符其實。我們臉上似乎貼著有「臺胞」二字，他們怎麼如此好奇，硬是一雙雙眼睛監視著我們，我與老朱使個眼色，把湯全到進飯裡，一下子齊送下肚去，算是解決了早餐問題。回轉艙裡同伴問我們好吃嗎？我們不敢說不好，只說幸有湯送飯下肚。

正發愁著午飯是否也要嘗試著去冒「險」，住在二等艙的同鄉派人來喊我們去吃飯，說是他人請客，定了兩席大餐，還有美酒，饕餮一番。這是我們進入大陸以來吃得最爽口的一次。

船上大多數都是溫州人，有的去上海販貨做生意，有的在遠地方工作回鄉度假，溫州話在船上非常吃香，嘰嘰喳喳儘管旁人聽不懂，我聽起來覺得格外親切，一時技癢難熬，頗欲一試。但是有人警告過我們：「到了大陸上，最好裝啞巴，能不說就不說，以免不小心溜出口頭禪，結果套上牢獄之災！」「病從口入，禍從口出」，古有明訓，我活了如此大把年紀，那裡會不知道。可是天生我這張嘴巴，就是用來講話的，尿壺打掉了柄——就只剩嘴；嘁嘴騾子賣成驢價錢——壞就壞在這張嘴！我忍不住站在甲板上當眾發言，說的是一口道道地地溫州方言，因此驚動了全船，他們知道我來自臺灣，離家四十餘載，竟還沒忘記家鄉話，連個音調都沒變，於是全為好奇而包圍攏來，話也等於開了閘洩洪，一瀉千里，沒完沒了。

「少小離家老大回，鄉音不改鬢毛催；兒童相見不相識，笑問客從何處來？」一位二十多歲的年輕小伙子，竟唸起唐人賀知章的詩句起來，這年輕人眉清目秀，我一眼就喜歡上他，抓住他的肩胛搖撼問：

「你是哪裡人？」

「樂成！」他簡要地答說：「我那裏最近會有兩位臺胞還鄉，聽說已經在途中。」

「他們叫什麼名字？」

「阿希！阿實！」

「嗨！不是我們四人中的二人嗎？」四十二年前，這阿希、阿實是同一天離家的，事隔四十二年，這二人又在同一天結伴還鄉，確屬難能可貴。

我強忍住笑，決心賣賣關子，不揭露了底牌，同時還考考這年輕人，是否冒充的，他說出他外祖父的名字，那原是我對門鄰居月標叔。

突然有人大喊：「黃華！黃華！」打斷了我對鄰居們的回味與思索。

黃華是一個地名，行政設鄉，屬樂清縣，瀕臨甌江口，因地處江防要衝，為軍事重地，故又名黃華關。想起一個有關黃華的歷史事蹟，明崇禎年間，此地山頭建立了一座城堡，定名許公堡，經常駐守軍隊，用以守衛海上倭寇之侵襲。某年守軍在下馬坪海面一舉殲敵數萬，俾其無一生還，大獲全勝，黃華關之名，亦因而大噪，史書歷歷記述，鄉人津津樂道，老一輩的鄉長，無有不知曉，只不知現今年輕鄉人，尚還知道這故事否？

我們站在船舷上，很明顯地看到黃華關海口大蛟門與小蛟門，這是兩個海口碼頭，全為泥塗，鄉人叫「塗下」，下塗抓「拉胡」是一項極其輕鬆有趣的漁獲工作。面前兩蛟門儼然屹立，海口風貌亦依舊，只不知許公堡古蹟上是否完整無恙？

「回艙裡休息休息，把行李整理整理。」年輕人提醒我，使我感覺得回鄉了，有這麼一種關懷與體諒，我竟然像個十幾歲的毛孩子，聽憑這位小兄弟的話，趕快回艙裝行李。

行囊收拾好之後，我又忍不住出來找人談話，輪船此時已在溫州碼頭拋錨，憑欄處看見碼頭上黑壓壓一片人頭，天空則在下著濛濛細雨。

「到了！到了！」我陡地想起一件正事來，猛地大喊，也看見了一塊大紅布帘，上面貼著白色的字，寫的正是老朱名字，我心頭顫跳，回鄉了，真的回鄉了！此時雨愈來愈大，但是他們都沒有張傘，站在雨裡淋，怕雨傘遮住了他們自個兒的臉。

同宗老黃看見了從未謀面的兒子，眼眶紅了；老朱看見了持布帘的親人；我也搜索到照片中幾位年輕人的臉，他們都是我的堂弟，還有一位弟媳婦。突然感覺我們近在咫尺，卻如隔著兩個世界，船上規矩是由一二層的乘客先下船，我們三四層的被阻在艙道上，有一位穿制服的軍人把關，紅星帽，紅邊衣，頗叫人起反感，但也無可奈何！

我們的領隊等急了，去交涉可否讓我們行李多的先行，卻給擋了回來，可能是我話說多了惹禍上身，他要我狗掀門簾子——靠一張嘴的人去碰運氣，我只好夜行人吹口哨——壯壯膽，走上前去辦交涉，仍然是不得要領，突然站在走道上的乘客鼓噪起來，方得到了通融，誰說我多話不好？

鄉道是寬闊的，人車稀少，雨更悽涼，驀地感覺接我的車重心不穩，駕駛也感覺得是輪胎跑氣，於是停車檢查，右後輪竟扁扁的，換備胎則備胎程式不合，好在我這幾位堂弟很能幹，立即攔住路過的車，載輪胎去修補，這一折騰去了三小時，讓叔嬸們在家裡空著急。

家鄉的街路本來就狹，簷頭也低矮，夜郎自大，夜裡的車也突然高起來，都可碰著簷頭，簷水滴在車棚上，街路反映著雨水的光。有次我隨著一個團體遊龍潭小人國，也是下著雨，就像是此刻的情景。

滿桌的菜餚都已冷卻，一一重新熱過，夜已深了，對門的姨娘敲門進來，姑母睡著了再起來，姑丈只是笑，叔叔坐在桌旁邊，嬸嬸忙著熱一個菜又熱一個菜，少年同伴劉光輝敲門進來，這一餐在冷與熱，飽與餓中，食不知味！二弟把一道菜餚全收起來，我不知是何原因？據告鹹過了頭，大概是三弟媳放了把鹽，嬸嬸又放一把，她們接待如此遠來的客人，心理上也有點緊張。

不知道是幾點鐘了？我被安頓在一張床上，床頭掛著我父母的放大遺像，分別標著享年七十九與七十七，算是上幾代最高壽的，可是為什麼不再熬個幾年？那樣子我還鄉的夢就不空虛了！我睡不著覺，父母的眼神在跟著我翻東翻西，誰知他們會不會走出鏡框？雄雞已報曉，簷頭在滴著水，我霑著雨露，一眼也未闔，作著無夢的還鄉夢。

一九八八年十二月一日寫於臺灣新竹

半月鄉夢

我世代祖居浙江省樂清縣，縣在明、清時屬溫州府，迨及民國稱為第八區行政督察專員公署，轄下有永嘉、樂清、瑞安、平陽、泰順、文成、玉環七縣。現今中共則設溫州市，是轄永嘉、甌海、瑞安、平陽、蒼南、樂清、洞頭、文成、泰順共九縣，全市轄人口約六百三十萬，溫州市區內人口則達五十餘萬，較大於臺灣的新竹市，與臺南市相伯仲。

溫州是中共開放僱傭生產的試驗區，農民紛紛到市鎮辦小作坊，或者聯合數戶經營較大的工廠，也有經營商店及汽車運輸公司，屬於「個體經濟」的模式，本身就是勞工，以師傅帶徒弟的方式，請僱若干幫手，成為家庭小工業。

宋代溫洲稱永嘉郡。晉朝的王羲之，宋朝的謝靈運，都曾當過永嘉太守，謝靈運當太守時，有一天在「永嘉西堂」作詩，一整天悶坐也想不出半句詩句，以致悠悠而入夢鄉，卻觸動一種異樣的靈感，遂得到了有名的「池塘生春草」佳句。他更以詩證明說：「夢得池塘生春草，使我長價登樓詩」。夢，確實是可以助文思的。

「枕中記」的盧生，他旅次於邯鄲的途中，主人在煮黃粱，他睡在枕上作夢，夢見娶美妻，中科舉，破夷狄，生貴子，為相十年，子孫滿堂，姻媾皆望族，年逾八旬而卒，醒來黃粱未熟，乃夢也，這夢長達六十年；「南柯記」的淳于棼，夢至槐安國，妻國王女，國王令為太守，備極榮顯，爾後戰敗，公主亦卒，國王疑忌，遣其歸來，既醒，尋槐樹下洞穴，得知為蟻穴，頓悟人世之倏忽須臾，是夢也，這夢也做幾十年。我離鄉四十二載，今日得以買棹還鄉，在家鄉住十五天，此中境界，是真實，抑是夢也。

掐指算算，我離鄉背井的那年，是民國三十五年十一月四日晨，還鄉到達家鄉的一天，是民國七十七年九月二十一日夜，差四十餘天滿四十二個年頭。離鄉時虛歲一十九，還鄉時十足六十歲，由弱冠而達花甲，由青絲而變白頭，確是作夢也想不到的戲劇化人生。

只差三天就是中秋月團圓，此刻無論在羈旅，在故鄉，月亮都在漸變其全圓滿盈。

那天夜晚，接我的小型公務車在路上因輪胎漏氣而停擺，雨聲淅淅瀝瀝，我在雨簾中望著故鄉的鄉村道，居然像是我在參加步戰砲陸空大演習時，常常會與暴風驟雨不期而遇！雨，確是軍人們的好搭檔，今我已退伍十多年，近年常在夢中參加雨夜演習，可是到達家鄉的第一個夜晚，讓我重溫舊夢，拾回荒郊鄉野雨中無奈的情趣，品味著那一抹淡淡的喜悅，陷入了綺思遐想。

路燈的黯黃，道旁孤寂的家屋，冷雨敲窗，斜風襲簷，景致是冷寂中透棲美。我在上海至溫州的輪船上穿一件大紅棉織套頭上衣，此時加件杏黃西裝上衣，仍然上下齒打哆嗦，心裏則在想：我怎麼抓住回鄉的每一時刻？

夜暗與雨絲，使我無法與故鄉的山水風物連成一塊，也失去還鄉時一觸即現的驚喜，就像是一隻看不見的魔手，在那裡捉弄著我，使我感到茫然而一無所獲！

到家了，早在幾年前我旅遊龍潭小人國時，即曾感想，覺得我家鄉的建設就像小人國，車翼觸著屋簷，車門塞住大門。叔嬸姑丈兄弟姐妹們一擁而出，堂上燈光昏黃，掛著雨天不能不掛的衣褲，像萬國旗迎接著我。

大家談起我父母，兩位老人望眼欲穿，委委屈屈地生，辛辛苦苦地活，歲月實在太長了，結果還是在四年前捨我而去，含恨以終；我唯一的小妹，二十多年前，正值青春年華。就仰藥自盡，是惡夢也！這惡夢是由那一層看不見的魔手所導演，記得有一位年輕歌手唱：「夢不到你，那一段甜蜜的記憶，雖然我也曾哭泣……夢不到你，那一段年少輕狂都已經過去……」

千山我獨行，人生就是這樣地不完美，我的回鄉本想夢一個圓，但仍然是缺著很大的一個邊。

在我父母生前的睡床上作夢，說什麼也不能入寐，剛悠悠忽忽打一個盹，清晨劃垃圾煤渣的清脆聲音把我吵醒，床前的痰盂，我拿來當尿桶，也報以輕輕脆脆的解尿聲音。天亮了，我起個早，舊日的私家便所，竟成為公廁，我得排隊等候，鄉人都把這當作交際場所，話家常，居然有人談到我，叫出我的乳名。

我夢故鄉的情景，就像杜牧詩：「綠樹鶯鶯語，平江燕燕飛」，可是當年我認為最誘人的簷頭，近日竟零零落落，即使簷頭所掛的雨絲，也七零八碎！記得這是賞月最佳的後園，爾今佝僂地，骯髒地堆著破爛物！

我知道第一天客人的來訪一定很多，我必須提早去拜望長輩。我外婆有四姐妹，唯一健在的小姨婆高齡九十一，我不能讓她老人家先來看我，另外二叔父也已八十開外，幾位堂舅也都七十好幾，雖然他們的老屋都還有印象，為了爭取時間，我雇請三輪車拉去，因此使我爭得機先，這也是軍人受過養成教育的一種主動精神。

見到姨婆真是如夢，記得那時候她只五十不到的年齡，爾今成為耄耋，背也佝僂，稍稍有些懵懂，但對我還是記憶猶新，是遠地來的客人，她總是要忙進忙出，卻被她最小的兒子，五十多歲的小表舅給拉住不動，孟子離婁篇謂：「雖孝子慈孫，百世不能改也」。中國人總還是講究孝道的。

二叔父單獨住開，我知道那條巷，名叫「集賢」巷，真文雅的巷名，我覺得家鄉的巷名比街名好聽，街名只以東、南、西、北直呼，外加通井、溫杭、公安等名稱，總是硬綳綳；巷名則如雙箭、銀漂、長春、中和、集賢、崇禮等等，都頗富嫻美，溫雅氣。拉三輪車的無論遠近，只要一元人民幣。那種三輪車坐墊硬，喇叭也捨不得裝一隻，喝道時只靠車夫的手掌，硬拍著前面遮板，「嘭！嘭！」聲音夠刺耳的，我看不出來此種方式能否收效，攔路的腳踏車、行人，依然我行我素，根本置之不理。

到了，有一位鬍子等在門口，原來他是我第二個堂妹的丈夫，他還是縣城唯一中學的總務。二叔老是老了些，當然沒有年輕時的瀟灑，記得他在東街開醬酒店時，我常常給他去送飯，那時他穿一襲藏青嗶嘰長袍，中分頭髮，允是可以迷到年輕的閨秀一打以上，爾今頭禿鬢白，鬍子倒刮得清潔溜溜，記憶中那年輕的聲音沒有了！晏幾道詩云：「今宵賸把銀釭照，猶恐相逢是夢中」。

我告訴二叔說我現今的酒量不小，這都歸因於二叔當年開醬酒店，有時輪到祖父去管店，他老人家總是招呼我去，先給我一個銅板買包蠶豆，然後打給我二兩老酒，就那樣從八、九歲開始訓練我喝酒。只聽得二叔哈哈大笑，像是初次聞到新奇的事，想必祖父是瞞著他作的，秘密藏了四十餘年。

二叔的話匣子也打開了，他要把四十多年的事一股腦兒說完，就抓住我不放，這那能在一日之間說得完的，我還記恚著家中定有客人來訪，就勉強辭出，還未踏出二叔的家門，一位堂弟已找來了。他說一清早不見了我，連早飯也未吃，家中卻已等著幾位客人。其實我肚子不餓，二叔家一碗龍眼湯煮雞蛋，只吃了一半就打飽嗝，那裡還用得著再吃早餐？

客人是不認識的多，認識的少，尤其一些親人在臺早已音信斷絕，希望渺茫，認為此刻機會難得，硬是逮著了人話個不停，即使我呵欠連連，上眼皮撐不住要嗑攏，還是無法使他們知難而退！有時來位少年同學，恍如隔世，喜不自勝，亟欲大啖其相思之苦，卻仍被這些不受歡迎的訪客所把持，使得無法契濶！甚至我一位表叔，也屬少年同學，遠從西鄉清早趕來，竟也插不上話講，只落得高興而來，敗興而去！老子說：「咎莫大於欲得」，大概就是指這些欲有所得的客人了。

十九歲離家時，我有一個妹妹，兩個堂妹，妹妹青年而亡，堂妹也有一個夭折，但現今我有五個如花似玉的堂妹，最小的也已卅三歲，她名叫笑芙，夫婿服務於政界，她自己任國營百貨店當伙計，夫婦倆克勤克儉，略有積蓄，蓋了一幢獨門獨院二層樓房，新居落成請宴耑等我還鄉，筵開二席，都係兄弟輩，我算是遠地的「貴賓」。堂中燈光明亮，蚊蟲則乘虛而入，我問他們何以不裝紗門紗窗？他們竟不知紗門紗窗作何用途。問他們有無抽水馬桶？意外地給我一個驚喜，幾天來便溺憋得慌，我急不及待地使用新馬桶，真正是痛快淋漓暨輕鬆！我用自己隨身帶的白色衛生紙，他們則遞給我粉紅色的，更是令人驚疑萬分。不過我還是告訴他們，馬桶旁邊應放隻盛器，使用衛生紙後可放置；衛生間內應備吸器，只做通暢馬桶閉塞之用，並善意建議房屋四周全部裝紗門紗窗，眠床上不需掛蚊帳。這些他們感得很新鮮，若不是他們知道臺灣生活水準高，或以為我此等話太離奇，其實應該是一席忠言，如醍醐灌頂！

中秋節前夕，縣政府對臺辦事處主辦「中秋佳節臺胞座談會」，把我們前後不同數日還鄉的一網打盡，濟濟多士。有吃的，有喝的，更有電視臺派記者採訪，鎂光燈朝著腦袋瓜猛蒸。只是蒸不出一句衷心話，預設的發言人也言不由衷，我說了些「臺灣的經驗」，卻卜得個滿堂彩，事後有人讚稱「談唾珠璣，口吐金玉」，相當地高桿。朱熹說：「一言資善誘，十載笑徒勞」。言以誠，不能沒有回響的。

在家鄉的第四天正值中秋，天公賜以一個晴天，明法表弟請我中午去他家共同吃賞月酒，大啖一餐家鄉菜餚。堂弟們見是近日難得的好天氣，趁著陰晴不雨下午去上墳，我父母及小妹的墳建在蓋竹山上，那地方離城二里許，環境清幽，一行十多人浩浩蕩蕩的上山，繁繁複複地點香燭、燒紙錢、鳴鞭炮，墳式雖舊但還很完整，我跪在地上想哭，鼻酸，眼淚流在肚子裡。我小妹當年的未婚夫寶瑜兄也打溫洲市特地趕來陪我上墳，這感情歷久彌深，小妹在黃泉下一定感激涕零。上了父母的墳，又去上姑丈姑母的，大姑母唯一的孫女兒，撲在墳頭上號陶大哭，這場面十分悽愴悲惻。

回程時已近黃昏，此時月亮剛自九牛山昇起，真正是很圓，像一塊大銀盤。想當年家鄉賞月都是掛旛張燈，燒香球，擺設果餅，膜拜祈禱；更有趣的是一些「小擺設」，古代的文官武將，旗旛劍戟，戲齣裡的著名人物，都在各家門口爭奇而鬪勝，嗣月宮，請月姑，好一番熱鬧情景。記憶裡長輩講給我們一個故事；有一個名叫曇遷的和尚，因為久患心臟病而不癒，某一中秋月夜夢月亮落在懷中，隨手拿來啃嚼，其味甘美，脆如冰片，食後醒來，則宿疾霍然而癒，疑是玉兔兒搗藥給他，不過這確是一個夢，十分奇特的一種人類半意識狀態。

今日鄉人的中秋節，除了家家戶戶關起門來吃喝外，已沒有從前的那個熱鬧勁兒，我算是白湊上這佳節了。

翌日，仍是好天氣，打鐵趁熱。這一上午準備上棋盤山祖塋，一家人都幫忙摺元寶，臺灣燒紙錢大概算是燒鈔票，平平的一張張燒，沒有我家鄉要摺成元寶狀那樣地隆重繁複。我小時候摺元寶技巧嫻熟，經數十年的疏於練習，也忘掉了！但稍經指點，又立即恢復記憶，摺得又快又漂亮。

正摺的興趣起，朱騏來訪，當年雙朱一黃。乃縣城少年同學，在同一天離家出走去當兵，後來因為在南京一次部隊改編，朱騏被編出去，三十八年在廈門鼓浪嶼一別，從此音信全無，今竟重逢，如再生緣份。他在廣州被俘後送到韓國去充炮灰，全身傷痕累累，命活下來已是天幸，今服務於黃岩縣某產業公司，總算有一碗飯吃吃。

聽說我們要上墳，他欣然陪同去，在棋盤山上拍了不少的紀念照，我們還結伴去少年時常遊的觀瀑亭、白鶴寺，他因要趕回黃岩縣，我們就在白鶴寺門口分手。這一去，又不知何年何月我們能再見？

家鄉人的熱誠是沒有二話可說，吃在我們家鄉是不虞匱乏的，記得當年有位張法官（推事），調升為江蘇省南通縣地方法院院長，他不肯去，他的理由是江蘇省那個縣沒有此地的海鮮好吃：蝤蠓、蟶、海蜇、江蟹、田蟢、黃魚、白魚、馬魟魚，鰻魚。真鮮美無比，簡直是把人的嘴角吃歪了，他就是不願放棄大快朵頤的享受，連官也不要升了，這是怪人。

家鄉也是美人窩，記得當年老一輩的有十大美之說，十大美跑到臺灣來的有三位，爾今都以白髮霜霜，當老祖母都快當厭了；而今家鄉年輕一輩的，也有十大美之說，我一位堂妹居然列名其中，長江後浪推前浪，人生就是這麼一回事。

鄉人們一談起「大躍進」，都恨得牙癢癢的，中共當局只因某一年慶豐收，突發奇想，實行「大躍進」政策，為了邀功，乃以十倍於生產額數目呈報，上級不給明察實情，據以徵繳糧食，以致人民所有食糧，甚至地瓜乾，都繳納淨盡，人民自己只好剝樹皮，挖草根來果腹，縣城附近有個名「白沙」的小地方，人口不過數百，則餓死幾達九十二人之多，此事至為痛心，後來老百姓終於覺悟，再也不受宰割，地方上一些幹部，一個個被殺掉趕走，一場浩劫總算告罄。但是緊接著「文化大革命」！

我一位同年同學感慨系之地說：「為什麼你們臺灣來的，個個白白胖胖，看去既年輕又體格壯；而我們枯枯扁扁，又醜又老……」是那幾年餓得太久的緣故。

苦怕了，現在有吃就好，酬酢連連，使我分身乏術，二叔四位女婿發動為二叔做八十壽，二叔無子嗣，我應該以侄代子，那天家族全到齊，我開懷暢飲，喝了不少的「二麯酒」，烈酒入肚，立即語無倫次，即席宣佈自個在「樂成大酒家」大請客，希望家族全部精壯的都參加，二十歲到六十歲的一個也不能缺席，我一位表嫂反駁我：

「你自己就是六十一，也不能參加。」

「六十一是虛歲。」我只好自己圓場找臺階下。

這幾天最困難的就是洗澡，一來無充足的時間洗，二來是無隱密的地方洗，熱水倒是早由弟婦燒好滾燙的擱在煤爐上，我想起童年時，一些成年人洗澡都是當眾表現，上身光光的斜背拉毛巾，有節有奏；洗下身鬆開褲腰，一手提褲，一手在褲襠裡抹來抹去，嘴巴並不得閑，仍與人搭訕做生意論價碼，同時間辦好幾件事。這幕場景從前我是臺前觀眾，現今我是臺上主角，只不知自己的Camere Face如何？我那七十四歲姑媽，雖同住在一個屋簷下，這一陣子總抓不住機會與我多說話，她老人家每天等著我抹身體時與我磨菇，我居然能表演得自自然然燃，一點也沒有侷促尷尬的表情，可見人的生活是隨同環境轉，可以作適當調整的。

我一位表妹夫邀我十月一日去西鄉柳市鎮參觀，他是那裡的地方首長，柳市鎮的電器業早已聲譽遠播，國內遠自西北邊陲綏遠、寧夏、青海、東北的黑龍江、遼北、吉林、西南的康、滇、川、黔，工商業界都遠道派人來批貨，據說柳市已極度地繁榮，不去參觀太可惜。

柳市街上行人並不多，商店則鱗次櫛比，確實是熱鬧，而商店清一色是電器零件，顧客都只是東看看西摸摸，表妹夫告訴我這些顧客不買則已，一買就把這一家搬光，然後重新製作。我恍然明白，原來他們只是家庭工業，大陸上只有這種「個體戶」能生存，能「發財」，有一句流行俚語：「十億同胞九億商，還有一億待開張」！就是此一現象的詮釋與註解。

看了西鄉不看東鄉，似乎有失公允。十月二日我不要任何人陪，單槍匹馬去虹橋鎮。虹橋乃東鄉之核心地，以白龍山為主支，自澤基山、蟠龍山延伸出，綿亘數十里；白龍山上之九州巖，甚為高峻，有雙髻風、窺天甑、奡湖等諸勝；又有支脈鳥門山、瑤奧山等，過瑤奧嶺即大芙蓉，再過去為大荊鎮，此區內平原廣袤遼闊，肥沃百里，為四鄉貨物集散地，民間依舊俗以逢三遇八集市，客旅行商麕集，途為之塞。

十月二日乃農曆八月二十二，尚有一天才集市，所以這一天街路稍為清靜，但也是攤販林立，貨物琳瑯滿目，我乘三輪車在街上轉一圈，然後去找少年時之業師。業師健在，師母已故，還找來一些師兄弟，歡聚會餐，大快朵頤。

三日晚係我自己做東，原預算八席，卻只到六桌人，我頗感失望，堂弟們附耳告我：係我宣布過的，大家不敢帶小孩，所以湊不全席次，我自知那次酒後失言，再要他們把小孩叫來已是不可能，為了彌補這錯誤，我只好一桌桌自己去罰酒三杯，喝得醉醺醺的。

四日約了些舊日的同學遊雁蕩山，江弢詩云：「欲畫龍湫難著筆，不遊雁蕩是虛生」。雁蕩山乃國內有數名山，吳稚暉先生曾經將雁蕩、黃山、華山、三峽、桂林等作一比較，認為雁蕩為「散」、黃、華為「聚」，三峽為「列」，桂林為「蹲」。雁蕩山離縣城九十華里，崖巒盤曲，凡數百里，其峯百有二，谷十，洞八，崖三十，爭奇競勝，遊歷難遍。因受歸期機票之限制，我只打算作一日一夜遊，將靈峯、靈崖、中折瀑列入行程，已足夠我觀賞的了。大龍湫要走四小時，沒有車只能僱轎夫抬，我只好作罷。

雁蕩之勝，夙稱二「靈」，即靈峯與靈崖，徐霞客在遊記裡描述靈峯：「兩壁峭立亘天，危峯亂疊，如削如攢，如駢筍，如挺芝，如筆之卓，如幞之欹。」描述靈崖：「絕壁四合，摩天劈地，曲折而入，如另闢一寰界。」

赴中折瀑的途中，遇一寧波女子，她向我舉起大拇指，說聲曰「讚」！意思是不虛此行，多跋涉幾步山嶺也是值得，那是一個很奇特的景緻，圓洞崖內一流瀑布，一潭水池，郭沫若有一首詩題在壁上：「奇峯傳百二，大小有龍湫，我愛中折瀑，珠簾掩翠樓。新松得千尺，水量高更遒，煌煌烈士墓，風光第一流。」

十月五日我離開了生長我十九年的家鄉，在溫杭省道上的巔簸翻騰，一直不妨礙我。因為我一直在作夢，夢得香甜。

一九八九年三月十七日寫於臺灣新竹

我的歌唱滄桑

每凡農曆新年年初，此地各同鄉會都流行團拜會餐，成為不明文的習俗。今年樂清同鄉會在北市南昌街陸軍聯誼廳舉行，開十席，可謂盛況，尤其陸軍聯誼廳還有桐廬同鄉會也在會餐，更增新年熱鬧氣氛。

桐廬同鄉我有多位新知舊雨，李修竹伉儷衝著我問：「你今天一定好好表現歌喉？」可見我在友朋間唱歌已頗有名氣。我也覺得同鄉會團拜會餐只是大家問問好，敘敘舊，太古板，一定要有娛樂助興，所以凡我籌備的總是建議要有京劇清唱或卡拉ＯＫ自唱，惜一般總其事者或許是自己不喜歡，或許是怕麻煩，總是沒有這些準備。今年樂清同鄉林亦沖總幹事創舉，請來了溫州同鄉會的青年歌唱團唱卡拉ＯＫ，我覺得十分欣慰。

不過我仍有意見，我之所謂參與、欣賞是兩碼子事，同鄉會的成員，大多數都是退休人員，因為唯有退休方有閑，也有一些錢，此種人在家清閑得很，旗亭問酒，閒話家常，

運動娛樂亦屬必然，有人摸八圈衛生麻將，有人徒步一天走萬步，老人大學，卡拉ＯＫ經常滿座，這都是參與而非欣賞。所以我很願意在任何聚會中都希望有參與，為了鼓動參與感，那天我捧了厚厚的號碼簿，到每一席上徵求點唱，自己首先就點了一首「古月照今塵」的藝術老歌，當我一桌一桌的奔走時總幹事遂影隨形地跟著，愁怕捅出一個彌天大亂子，大家看此情形，總認為兩人在唱雙簧，所以都不敢造次幫助「鬧場」，收穫是零。這時「古月照今塵」螢光幕呈現，我只得奮勇上去獻醜，歌唱完了也就是功德圓滿，卻不料後頭跟著有人嘀咕，也許我太過敏感，也許陸軍聯誼廳的茶杯太廉價，怎麼一下子破碎？乒鈴乓啷一聲，驚動全場，令人非常尷尬。當場有溫州同鄉會伊竑理事長、浙江同鄉會陳繼國總幹事等多位貴賓在座，實在失禮！所幸誤會解釋清楚，不至於主客失歡，溫青歌唱團也就陸續表演下去。但我所提倡參與者仍不多，一位難得撥冗與會的徐尚文副會長，他竟也唱了一首，令我欣慰；後來伊竑理事長還陪著我同唱一曲，更屬難能可貴；徐尚文將軍還是被夫人慫恿唱的，更屬難得。

論歌唱固為娛樂，也可臻藝術，《禮記．樂記》曾言：「樂者樂也」、「樂也者，情之不可變也」、「樂者通倫理者也」。無論怎麼圓其說，樂畢竟是好事。《樂記》中又說：「樂有使人耳目聰明，血氣和平的功效」。這個道理在當代醫學研究印證。致力於倡導音樂治療的唐．坎奧爾（Don campbell）所寫的《莫札特效應，音樂身心靈療法》一書中，論及了音樂對人身心所產生的影響。他舉出共十二種功效。本文暫時擱在後文再談，先談我音樂的趣味從哪裡來？

早年的樂清縣，唱歌風氣並不是很盛，我七歲啟蒙，在樂成鎮的孔廟裡一個借用的樂成小學初級部，音樂教員是趙棣華先生，是女老師，她臉上佈滿黑麻點，因此敷了厚厚的粉，但仍掩蓋不了黑粒子滿天星。那時候我們年紀太輕，實在分不清如何叫做美，如何叫做不美。趙先生的歌喉細，唱起來十分好聽，第一個星期就教了兩首歌，名曰：「燕雙飛」與「義勇軍進行曲」，事隔一甲子有餘，這兩首歌的歌詞，我仍能背誦，唱起來有板有眼。尤其「義勇軍進行曲」而今被作為中華人民共和國的國歌。剛在去年遊縉雲時，我還登臺獻唱，一字未漏；在「小學」讀高年級時，我忘了音樂教員究竟是誰？美術張龍光頗具盛名，但是似乎記得有一次歌唱比賽，第一名是今尚健在住臺北市敦化南路的倪公俠，第二名是溫州京劇名伶已故的蔡雲霞。可惜的趙棣華先生沒有隨同我們也升高年級教員，那樣我們的音樂細胞會大量大量的增加。

在軍中，教唱歌的往往是軍官或資深士官，都非專業，也談不上音樂修養。讀軍校時，我們是裝甲兵學校代訓，教軍歌的是徐保名教官，是四十年代臺灣數一數二的男高音，他與裝校一同來臺的，患難結交，成為一體，想辭都辭不了。他的家累很重，為了一家人在臺中市練武路的生活，那樣地刻苦情形也只有忍耐。裝甲兵學校沒有專用音樂教室，也沒有最基本的鋼琴甚至風琴樂器，完完全全憑其一張嘴，張開唱就是了，這樣也使我們學得津津有味。

我在裝甲兵學校除了兩年的軍官養成教育，還有初級班的深造與履帶車輛保養班的專科，都仍然是徐保名教官上軍歌的課。我非常喜歡這位矮矮胖胖，嘴巴扁扁闊闊似軍人而非軍人的教官，說來他個人的生活確是很苦，他有許許多多的女兒，卻只有一個少爺。這位少爺又在適齡服兵役時因公車禍而亡，真是命運之神在捉弄這位可憐的教官。憑我一生，看過多少人由最基層到最高級的，但他來臺時為上尉教官，退役後只是少校而已。民國四十九年我升副連長被調去裝校擔任部隊訓練教案編審工作，臨時性質在裝校一個鐵皮教室裡住宿兼辦公，每天翻黃皮書抄寫。這個工作責任雖重，生活自由，都是部隊擔任副職的副營長、副連長。裝二師有一位副連長音樂修養很高，也屬男高音，他常常悠閒地在崗上引吭高歌，聽了他的歌，我就會想起徐保名教官。物以類聚，有一天突見徐教官來訪，果真訪的是這一位謝副連長炯，那時候與我併舖而臥的是林君長副營長，他是我學生隊的區隊長，由於我們同屬愛好文藝，又是師生關係，所以選在同臥一舖，我在上層，他在下層。徐教官是他的老同事，一見他又見我這位用現代話講的「粉絲」，就格外的歡喜。他找那位副連長目的是請代課，因為徐教官為了家庭重擔，一份純粹的軍官薪水實在不夠，於是他到臺中護理學校兼課。有時候協調不妥，只好來請這一位副連長代課。那時我正在追求護理學校一位高三學生，適巧徐教官也認識這位學生，於是當起「紅娘」，代我傳遞情書。我最難忘徐教官除了教我們軍歌之外，還額外贈送「一根扁擔」的流行歌曲。作為粉絲，一定會唱受崇拜對象的歌，所以這「一根扁擔」我至今仍能琅琅上口。

說起徐保名教官在臺中市的名聲，由資深名作家姐妹花趙淑俠、趙淑敏的文章裡就可見一斑。我記得趙家是住在臺中的，趙氏姐妹當然是臺中女中的高材生，她們文章裡說：臺中的學校女生，沒有一人是不知道徐保名老師的，很多人都收在徐保名的門下。徐保名以軍官身份設「家教」，不說是違法，至少是違紀，是要受到處分的，但他那時純粹一個軍官，有這麼大的家眷，長官也只有開隻眼閉隻眼。

話題扯遠了，再回過頭來談談我的「歌唱滄桑」。自從民國七十七年開放大陸門戶之後，我傾生平積蓄，平均每年至少一次「還鄉探親」。我曾在南京、杭州、北京、桂林、寧波、溫州諸多大都會裡見過「街頭卡拉ＯＫ」，尤其我的故鄉樂清市，一些商店門口，架個電視機，年輕人拿著麥克風清唱，據說是五元人民幣一曲，是商店的額外收入。有一次，與我有「三同」之誼的朱道希請客，我也列席，一些被請的客人都會唱歌，我這個「臺灣佬」竟然不能開口，滿以為有字面做參考的唱歌也不難吧，遂點了一首音節單純鄧麗君唱的「小城的故事」，誰知道竟跟不上節拍，那天我出了一次「洋相」。回臺之後我隨同空軍退伍聯隊長同宗黃劍秋先生去新竹大禮堂對面一家卡拉ＯＫ，除了「小城的故事」尚差強人意，再點一歌竟然呆在臺上紅著臉，幸有一位年輕人臨時救援，俾我下得臺階。自此之後，我發誓努力苦練，所幸此地收費不高，一百元可以唱整個下午，還有茶喝；唱的人也不會很多，就這樣把我訓練出來。我成熟的歌有半百，半成熟的也有半百，近百首歌任何場合都可以應付。新竹市的武陵社區活動中心還遇見一位傅姓老師，歌唱團的男高音，還認為我是可造之材，惜年齡今已八旬，只能作為「養老」歡娛用途了。

話題再回到前面所提到的「身心靈療」。

據坎奧爾的研究有「平緩腦波」、「影響呼吸」、「影響脈搏和血壓」、「減少肌肉緊張和增進身體運度的協調」、「影響體溫」、「增加腦啡（腦內自然生成的止痛劑）的濃度」、「調節和壓力有關的激素」、「增強免疫系統」、「加強記憶和學習能力」、「幫助消化」、「培養耐性」、「讓人產生安全感和幸福感」等共十二項。由於音樂有如上的十二項功效，醫生有時候用來作為醫療上的輔助工具，告訴患者，可以音樂自療，功效卓著。筆者曾有一段時間患「感冒」久不癒，不去求醫生則去唱卡拉ＯＫ，竟然「不藥而癒」呢！

音樂除了對身體上的幫助，對政治上的作用也很大，近之如「義勇軍進行曲」、「松花江上」、「流亡三部曲」等抗戰歌曲對抗日戰爭的鼓舞士氣；遠之如「大章」是紀念堯的樂舞，表示堯能彰顯天地間的至善理想；黃帝的「咸池」是表示黃帝能將他的恩澤加惠於民；舜的「韶」是表示舜能繼承堯的德業；禹的樂舞「夏」是表示禹能將堯、舜德業發揚光大。這些都是音樂的好處，頗富宣揚的作用。可惜的是靡靡之音充斥，斲傷了音樂對人體的功效與作用！

二〇〇七年十一月二十五日寫於臺灣新竹

解讀《狼圖騰》

眼力一年年衰退，字小的書，只有放棄，但好書不能不讀，靠放大鏡幫助。持放大鏡看書，不僅速度慢，還十分費力，苦也！此年老人之無可奈何！

孝順的兒子，常在書店裡搜尋，遇見好書，不惜代價購買，還強迫我倆老非讀不可，內人拗不過兒子，以拖延政策，非讓我優先讀完，然後由我決定她讀或不讀。諾貝爾獎《靈山》，我代內人擋了箭。可是近日兒子購來《狼圖騰》我就無理由阻擋她讀了，抱歉！只好請她把「白內障」動完手術後再看罷！也給居家附近「真善美眼科」推薦一筆生意。

作者姜戎，是筆名。姜為炎帝之姓，乃西戎羌族，也就是中國西方遊牧先入中部的民族。真正寫這書的本人是大陸上文化大革命時下放的知識青年，姑且以書中第三人稱的「陳陣」為代表吧！此書獲得首屆亞洲文學桂冠獎，在全球華人世界熱賣三百萬冊，臺灣由風雲時代出版社出版，厚厚一冊，都五十萬言。作者寫作範圍在狼的性格裡轉，卻寫了四卷三十六章，真正是「巨」著。我化了整整一個月時間，精讀熟讀，忍不住要發表一點意見。

儒家是以溫、良、恭、儉、讓做為推銷中國人行為思想的準據。書中將這種精神歸類為「羊文明」，也就是軟弱的文明；跟那個「圓眼吊睛，兇狠無比」的「狼子野心」相剋相埒；書中將狼的行為稱作「狼文明」，表示是強硬的行為。如以生活方式言，前者是中原農耕民族，後者是草原游牧民族。兩者因果與共，並不矛盾，簡言之就是中華民族的文明，歷久不衰。

我們再從歷史上推究：皇帝勝炎帝，漢、唐的強盛，元、清先期的強盛，都是「狼」與「羊」，「強」與「弱」的因果元素。看看《論語》泰伯篇，孔子曰：「好勇疾貧，亂也；人而不仁，疾之已甚，亂也！」陽貨篇：子路問：「君子尚勇乎？」孔子答：「君子義以為上，君子有勇而無義，為盜！」可見儒家思想並非捨棄「勇」。但要有個「義」字作為附帶條件。

狼在野獸中確為勇猛，牠能鬥倒馬群，也能鬥倒牛、羊群，除了羊是劣等動物，既笨又拙，牛、馬都是大體型動物，論理狼不是牛、馬的對手，但是狼能用計謀，甚至人被狼襲，也是狼的計謀；據說西北草原民眾，不是騎馬還不敢夜行，因狼可能悄悄與你同行。待可乘之機站立起來，用前腿拍你肩膀，你以為朋友打招呼，回頭一看，卻被咬住咽喉，人就是這麼被狼吃掉的。狼有腦筋，牠的戰鬥有戰略、戰術作背景，絕不是單槍匹馬的行動；狼襲羊群，是用隱伏的方式，以免被獵狗、羊倌發現，往往都有收穫。狼無文字，但是有一則狼體的格言：「寧肯戰死，不願病亡！」

草原裡，森林中，狼並非最兇猛野獸，但人們口頭上總是以「豺狼虎豹」作為凶險動物的代言：據《辭源》解釋：豺與狼是同類異種，狀如犬而身瘦，毛黃褐色。口吻身裂，尾長下垂，身有異臭，吠聲能聞於遠，殘猛與狼同。《孟子》：「嫂溺不援，是豺狼也。」因此「豺狼」成為奸惡的代名詞。獅是獸中王，但其貌相較莊嚴，或於人所喜愛；虎之凶猛不亞於獅，豹屬少數動物，其兇猛也不亞於獅、虎。從貌相論斷，狼在野獸中只是小不點動物，但其奸險則在獅虎之上。原因是狼有腦筋，戰鬥是有計畫的行動。草原上，黃羊是跑得最快的動物，狼跑不贏黃羊，但牠能蟄伏著不動聲色，待黃羊吃飽了草原裏的草，大腹便便，行動趨於緩慢，這時候狼在狼王或頭狼們的一聲令下，群起而攻，黃羊被消滅了！黃羊是草原之禍，因黃羊群成千累萬，漫山遍野，把草原的草吃得光光，這麼一來，狼的消滅黃羊，為草原立了大功，所以游牧民族，雖然恨狼，但也愛狼。另如旱獺與鼠患之除，功勞另添一筆。

歷史上我國元太祖平定西方，成吉思汗的成功，仗的是「蒙古馬」的速度，蒙古馬的速度是被狼訓練出來的。蒙古馬體型並不大，不是那種「高頭大馬」的形狀，反倒是瘦、弱、小的形狀，但是牠跑得快，行動靈活。成吉思汗橫霸歐、亞，靠的就是瘦小的蒙古馬，瘦小的蒙古馬是因狼而成為快馬，狼在草原又立一大功。

草原裏，森林中，狼並非最兇猛最厲害的角色，而所謂猛獸者熊、虎、獅、象都可馴，而狼不可馴，狼作為草原游牧民族的「圖騰」，而且在人們的口頭禪，豺狼虎豹成為代言凶惡，根據的就是狼的「寧肯戰死，不願病亡」的精神。抗日戰爭，中國人有如此多的「漢奸」，卻也有更多不怕犧牲的英勇將士，中國人還是得到最後的勝利，不要以為那是靠的同盟國，尤其是美國的原子彈；可是抗戰末期，中國軍隊在印緬戰場的表現，那就足以證實中國有「狼」、「羊」雙重性格，中國不會亡的原因也就在這裡，戰後中國的崛起，到昨晚北京奧林匹克運動會主辦國家的強勢，不能不承認也是狼羊文明共同的貢獻。

筆者有很長一段時間的疑問，亦可說筆者積在心裡的愚鈍。早年常赴臺北圓山動物園參觀，後又去木柵動物園遊覽，六福村野生動物園創立後也去了數次，住地新竹市立動物園憑榮民證當作散步之處，我欣賞那猛獸獅、虎、熊、豹、鷹及象，尤其新竹動物園早年展出的北極白熊，獨沒有豺、狼，讀了《狼圖騰》後我纔確定，那是因狼之不可馴服之故。狼的個性倔強兇殘，那是天生的，草原民族說是「騰格里」所賜。儒家有一句格言：「天行健，君子以自強不息」。書中主角陳陣與楊克在養「小狼」的經驗裡，得到的認識：狼有四「不」精神，即不息、不淫、不移、不屈，此四不精神，足以給人類一種反省，也就是一種榜樣，狼就是因此得到草原游牧民族的崇拜，作為「圖騰」。即是中原農耕民族，也不能否認。因為狼的惡聲根深柢固。中原民族則以「龍」為象徵，龍是無形之物，誰曾見過龍，神龍見首不見尾，「龍圖騰」也就是「狼圖騰」。

秦始皇是具備狼性格的人物，他用高壓手段統一了中國，他配合很有學問的李斯，請他當宰相，稱之為亞父，到今天我中華民國的總統與行政院長、中華人民共和國的國家主席（或黨主席及總書記）與國務院總理，還是用的此種制度。秦始皇焚書坑儒，做得太過火，這也就是狼性格，幸有李斯的「書同文、車同輪、行同倫」來溫和這種高壓，李斯本人以小篆統一以前的大篆等不同文字，用相同的車轍以免交通的混亂，以父子、夫妻、兄弟、師生、朋友規格家庭與社會的人際關係，所以中華民族的文明完整性具備，可惜的秦二代非秦始皇的雄才，趙高非李斯的學問，秦很快地被漢高祖所滅，因此中華民族魂統一的姿態形成，此後一直數千年而不墜。

筆者寫本文時恰是八月八、九、十日等三天，也正是二〇〇八年北京奧會開幕的頭三天，亞洲在奧運百餘年的發展史上，東京奧運在一九六四年創其首，漢城在一九八八年成其後，〇八年的北京奧運總其成，八月八日晚八時零八分，我坐在電視機前連眼睛都不眨一眨，直看到十二時深夜結束，還不過癮，子夜後看重點再播一小時，我感動於開幕節目的濃濃民族意識，臺灣的立委原住民高金素梅率領的「我們都是一家人」演出劇目的精神，尤其表達對不久前四川強震受難羌族的關心；我也感動大導演張藝謀的所有藝文巨目的精彩設計，尤其體操金牌選手李寧空中火炬接力的一霎那，感動得落淚。

此次北京奧運，無論軟體、硬體、科技、文學。都令人拍案叫絕，作為露天運動場的「鳥巢」，想必是有暴風雨突然降臨能夠立即應變的措施。全世界有二百零四個國家參加奧運，有一百零二位元首親臨參加開幕典禮，尤其金牌王國美利堅合眾國總統布希，全家三代（包括老布希伉儷）八人參加典禮，還要滯留四天四夜，可說給足了中國的面子。亞洲國家，歷史落後美、歐、澳，現在不能這麼下定義。上屆零四年的奧運，金牌數是美、中、俄、澳、日等列五強，亞洲佔了二席，期望此屆更上層樓，中超美、日超澳、東亞病夫之恥，一掃殆盡。

這種濃濃的民族魂，是在吾人心中蕩漾，況且此次北京奧運，是在五月的四川大地震之後不久，國人心中的痛尚未消除，中國人就有如此偉大的表現。這完全是狼文明與羊文明的交互作用的文明啟發。

反過來看看《狼圖騰》作者如何描寫此書的，他用第三人稱「陳陣」為主角，配以楊克及多位知識青年，在文革時下放「額侖草原」擔任馬倌、牛倌、羊倌，陳陣拜畢利格老人為義父，助以「二郎」、「黃黃」、「巴勒」等一群獵狗，尤其「二郎」為狼種狗，十分勇猛，頭狼都不是牠對手，牠們在額侖草原裏奔馳，狗都人格化了。「養狼」是書的主題。草原游牧民族，是以狩獵為中心職志，蒙古草原民眾，因游牧生涯，讀書都不多，狩獵是人人必備的能耐，男人在弱冠之年，就以狩獵為志業，少年人掏狼崽如有所獲，成為人際之間廣為傾慕的對象，陳陣等幾位下放知青，都是大學生，二十郎當歲，他們之中，體格智慧屬於上等，才配當馬倌，其次為牛倌，再其次為羊倌，陳陣、楊格都是羊倌，如果陳陣是作者自己，也可見作者之謙虛心理。我近年獲得很多朋友的贈書，都自命不凡，怪命運之神捉弄，這種夫子自道，令人嫌惡，書亦無法卒讀，更遑論「黃金屋、美如玉」了！

畢利格老人一角，是以書中的「狼文明」思想的重點人物，老人是獵狼的「參謀總長」，他們頭腦裡獵狼得知狼，等於參謀本部的參二情報工作，《孫子兵法》謂「知己知彼，百戰不殆」。可是老人雖然獵狼，但不滅狼——趕盡殺絕。因為狼對草原功過相抵，他要留狼種綿延繁殖，凡草原獵人都有這種認知，只有漢人無法理喻，知青都是漢族青年，在草原中生活，也被上了一課。陳陣立願要養狼作為研究「狼圖騰」，他拼著命掏狼崽，狼崽是初生之狼，連眼都未開。陳陣冒生命危險，鑽進狼穴，如遇母狼在穴中，那只有死路一條，所幸未遇母狼，掏得七隻狼崽，送一隻給獵手，五隻被處死，陳陣得一狼崽抱回帳篷裡，後又挖一洞作為「小狼」之居。那獵人的一隻，只養了半個月，因狼爪傷害了獵人的孩子，一氣之下被打死了！唯一生存的一隻，也因傷害到陳陣，被處以剪除狼牙犀利的尖端，也等於收繳了狼賴以作戰的武器。繳了械的「小狼」，仍然凶惡無比，他雖然每天定時被陳、楊二人帶出去散步，也是小狼最快樂的時間。狼嗜肉食，吃是牠生存的第一條件，陳陣往往以最好的食料在供應，譬喻牛奶，以及鼠肉、羊肉等等，但他養了狼身，卻養不住狼的心，人間有所謂「狼心狗肺」，狼的心是養不住的，到了「小狼」二足歲已成年，適巧搬家，游牧民族搬家也是做人的生活條件，此處無活路，當然要搬家，他曾想也像每天散步一樣用牛車牽著走，小狼拼著命抵抗，那鎖鏈刺破牠的咽喉，還是不屈服，最後只好把牠裝在竹籠裡，因長途跋涉，小狼流血過多，生命奄奄一息，終於到目的地後不久死亡。

讀書到這裡，我的淚涔涔下。傾我八十年一生的經歷，與狼無緣，未曾見過狼的廬山真面目，可說無一絲感情的因素，我會為書中的「小狼」殞命而落淚，這也是異數。我一生看書無數，感動我落淚的，則寥寥可數：《西廂記》崔鶯鶯十里長亭送別；《岳傳》風波亭岳飛被害；《三國演義》孔明、劉備、關羽等殞命；金庸筆下的袁崇煥凌遲處死；以及《紅樓夢》林黛玉在賈寶玉與薛寶釵結婚的那一晚等等而已，這也可說姜戎寫《狼圖騰》的成功。我勸青年朋友，不妨抽出去網咖的時間，讀一讀《狼圖騰》。

二〇〇八年八月十日寫於臺灣新竹

【附錄】黃信樵（樂樵）寫作年表

民國十七年，一歲。
九月十七日出生浙江樂清縣樂成鎮西大街。

民國二十四年，八歲。
啓蒙，初識字詞。

民國三十二年，十六歲。
進入文學殿堂，閱讀新舊體文學著作及翻譯書籍，入迷，並試行投稿。

民國三十五年，十九歲。
於首都南京市從軍，並從事投稿。

民國三十七年，二十一歲。
十一月十四日，南京救國日報「晨鐘」副刊發表處女作散文——《黑暗》。

民國三十八至四十八年，二十二歲至三十二歲。

陸軍官校畢業後，在陸軍裝甲兵部隊任排、連級軍官，暇時寫作小說、散文、詩歌及兒童文學，在各媒體刊出二百三十餘篇，期間在國語日報兒童版載「七百字故事」與「每週故事」為多。

民國四十九年，三十三歲。

一月十二日，臺北中央日報副刊發表《鋼鐵班》散文，喻之「苦戀中副十二年，卒成連理」。

民國五十一年，三十五歲。

四月一日中副刊出短篇小說《窗》一文後，從此以寫短篇小說為主，遍投各報刊雜誌，純屬戰鬥文藝主力部隊。筆名為樂樵。

民國五十四年，三十八歲。

十月二日中副刊載《木馬上的人》一文後，次年元旦臺灣電視臺改編為單元劇演出。是以本人以小說改劇之嘗試。

民國五十五年，三十九歲。

十一月十日參加國軍第二屆文藝大會，是為小說組陸軍代表。

民國六十年，四十四歲。

於陸軍裝甲兵營長離職後，人生又跨一階段，七月一日中副刊出《全家福》時，改以實名實姓署文，並走上寫精粹散文為主。

民國六十一年，四十五歲。

四月，戰鬥文藝代表作、短篇小說十四篇，為充實陸軍基層連隊書庫，供士兵閱讀，以四十開版本袖珍小冊方式，編撰《木馬上的人》一書，由陸軍出版社出版。

五月，戰鬥文藝短篇小說《燒焦的人》選入《當代小說精選第二輯》，黎明出版。

民國六十九年，五十三歲。

十二月中華日報出版《華副小小說》一書，《溯源》、《掉包》、《教練》三文入選。

民國七十六年，六十歲。

二月，黎明文化事業出版「作者自選集」套書，是以二十七篇短篇小說，編成《黃信樵自選集》付梓，共十萬餘言。

六月，鄉土小說《橋》一文，選入省新聞處出版《那座山》小說集。

民國七十八年，六十二歲。

九月，希代出版社出版年度《金華小說》，《忍冬花》一文選入。

民國八十二年至八十七年，六十六歲至七十一歲。

接任《浙江月刊》總編輯，首次接編第二百九十一期。直第三百五十三期交棒。

民國八十八年以後，寫作較少。

民國九十五年，七十九歲。

一月，文學街出版《突破》一書，是以二十三篇散文編成，都七萬餘言。

民國一百年，八十四歲。

八月，秀威資訊出版《青青河畔草》一書，是以二十篇散文輯成。

語言文學類　PG0601

青青河畔草

作　　者 / 黃信樵
責任編輯 / 林千惠
圖文排版 / 陳宛鈴
封面設計 / 陳佩蓉

發 行 人 / 宋政坤
法律顧問 / 毛國樑　律師
印製出版 / 秀威資訊科技股份有限公司
114台北市內湖區瑞光路76巷65號1樓
電話：+886-2-2796-3638　傳真：+886-2-2796-1377
http://www.showwe.com.tw
劃撥帳號 / 19563868　戶名：秀威資訊科技股份有限公司
讀者服務信箱：service@showwe.com.tw
展售門市 / 國家書店（松江門市）
104台北市中山區松江路209號1樓
電話：+886-2-2518-0207　傳真：+886-2-2518-0778
網路訂購 / 秀威網路書店：http://www.bodbooks.com.tw
國家網路書店：http://www.govbooks.com.tw
圖書經銷 / 紅螞蟻圖書有限公司
114台北市內湖區舊宗路二段121巷28、32號4樓
電話：+886-2-2795-3656　傳真：+886-2-2795-4100

2011年8月BOD一版
定價：240元

國家圖書館出版品預行編目

青青河畔草 / 黃信樵作. -- 一版. -- 臺北市 : 秀威
資訊科技, 2011.08
面； 公分. -- (語言文學類 ; PG0601)
BOD版
ISBN 978-986-221-793-1(平裝)

855 100012634

讀者回函卡

感謝您購買本書，為提升服務品質，請填妥以下資料，將讀者回函卡直接寄回或傳真本公司，收到您的寶貴意見後，我們會收藏記錄及檢討，謝謝！
如您需要了解本公司最新出版書目、購書優惠或企劃活動，歡迎您上網查詢或下載相關資料：http:// www.showwe.com.tw

您購買的書名：______________________________

出生日期：________年________月________日

學歷：□高中（含）以下　□大專　□研究所（含）以上

職業：□製造業　□金融業　□資訊業　□軍警　□傳播業　□自由業
　　　□服務業　□公務員　□教職　□學生　□家管　□其它_____

購書地點：□網路書店　□實體書店　□書展　□郵購　□贈閱　□其他

您從何得知本書的消息？

□網路書店　□實體書店　□網路搜尋　□電子報　□書訊　□雜誌
□傳播媒體　□親友推薦　□網站推薦　□部落格　□其他________

您對本書的評價：（請填代號　1.非常滿意　2.滿意　3.尚可　4.再改進）

封面設計____　版面編排____　內容____　文／譯筆____　價格____

讀完書後您覺得：

□很有收穫　□有收穫　□收穫不多　□沒收穫

對我們的建議：______________________________

____

____

____

請貼
郵票

11466
台北市内湖區瑞光路 76 巷 65 號 1 樓

秀威資訊科技股份有限公司 收

BOD 數位出版事業部

(請沿線對折寄回，謝謝！)

姓　　名：________ 年齡：________ 性別：□女　□男

郵遞區號：□□□□□

地　　址：________

聯絡電話：(日)________ (夜)________

E-mail：________